OTAGAI
40dai-kon

OTAGAI
40dai-kon

OTAGAI
40dai-kon

OTAGAI
40dai-kon

OTAGAI
40dai-kon

OTAGAI
40dai-kon

OTAGAI
40dai-kon

OTAGAI
40dai-kon

OTAGAI
40dai-kon

OTAGAI
40dai-kon

OTAGAI
40dai-kon

OTAGAI
40dai-kon

OTAGAI
40dai-kon

OTAGAI
40dai-kon

OTAGAI
40dai-kon

OTAGAI
40dai-kon

OTAGAI
40dai-kon

OTAGAI
40dai-kon

OTAGAI
40dai-kon

OTAGAI
40dai-kon

OTAGAI
40dai-kon

OTAGAI
40dai-kon

OTAGAI
40dai-kon

OTAGAI
40dai-kon

OTAGAI
40dai-kon

OTAGAI
40dai-kon

OTAGAI
40dai-kon

OTAGAI
40dai-kon

OTAGAI
40dai-kon

OTAGAI
40dai-kon

OTAGAI
40dai-kon

OTAGAI
40dai-kon

OTAGAI
40dai-kon

OTAGAI
40dai-kon

OTAGAI
40dai-kon

OTAGAI
40dai-kon

OTAGAI
40dai-kon

OTAGAI
40dai-kon

OTAGAI
40dai-kon

OTAGAI
40dai-kon

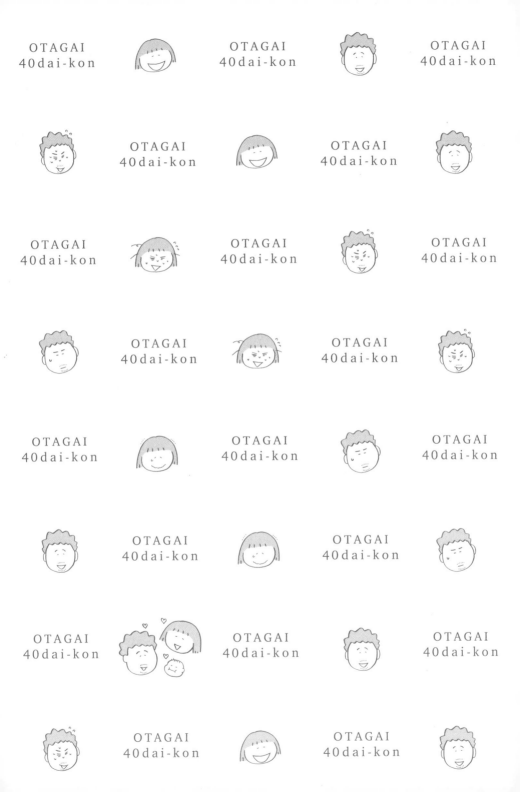

已經不是一個人

高木直子40脱單故事

高木直子◎圖文

洪俞君◎譯

目次

前言

不知不覺間40歲已經近在眼前。
活了將近40年的我，
雖然已經經歷了許多事，
不過從平均壽命來看，我的人生才走到一半。
如此一想，人的一生真的很漫長。
接下來的另外一半人生，
我該如何經營呢……？
本書內容就從煩惱這些問題展開。

第1章

就這樣安於現狀好嗎？

這是39歲時的我──
轟隆……
轟隆……
在前往工作室的辦公中心路上。
週刊真實
SALE
車站便當
……
轟隆……
轟隆……
再一年
就邁入40歲
大關了……
轟隆……
轟隆……
進入30歲以後
覺得時間
過得好快……
工作充實愉快
並開始跑馬拉松，
也經歷了許多事。
轟隆……
轟隆……
注意
可是還有什麼事
是我應該在
40歲以前完成的？
下一站是～
我從以前就是那種臨到最後關頭才開始慌張的人。
暑假啊～
作業～
8月
31
練習題
都沒變
啊～明天
要交稿～

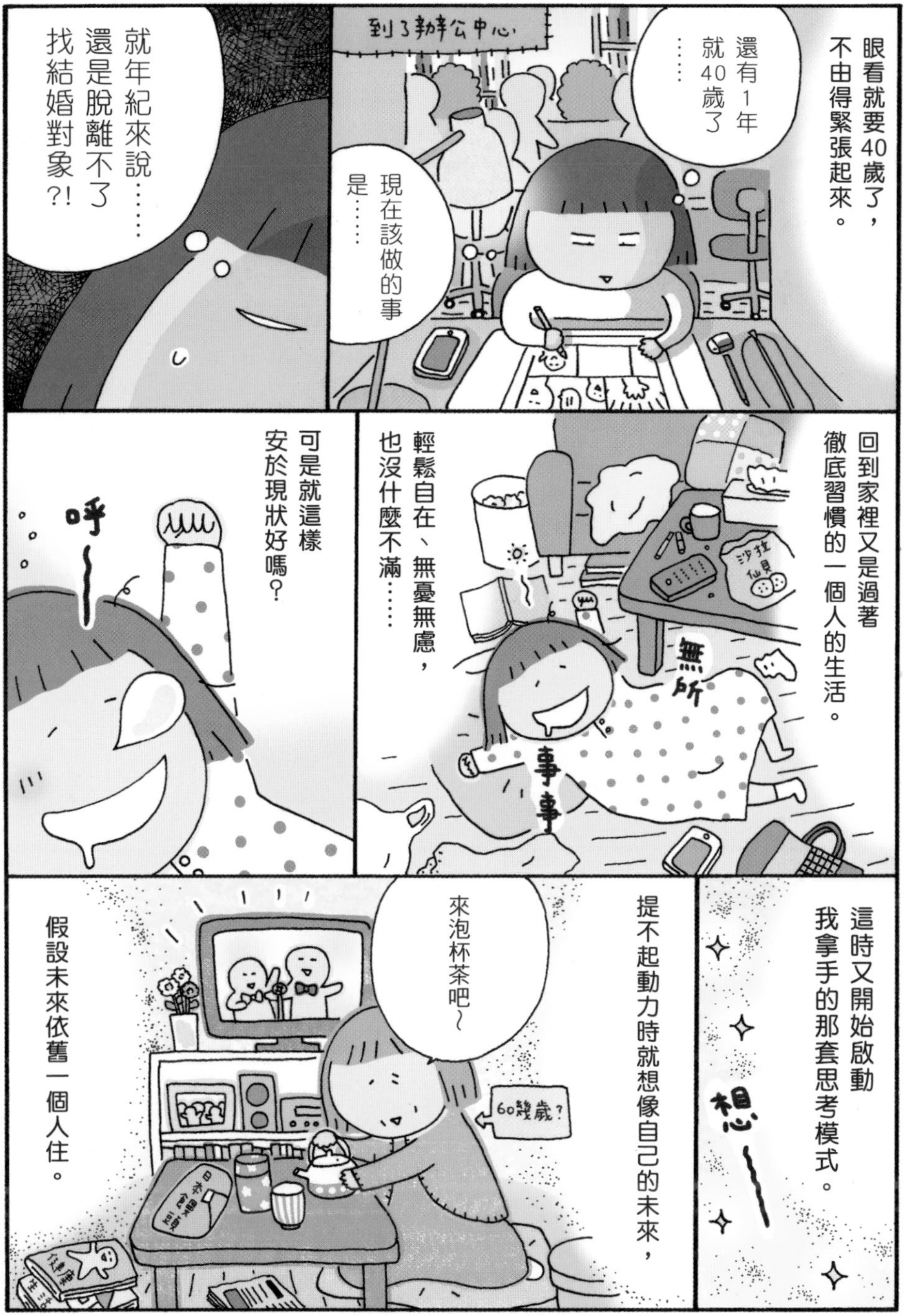
眼看就要40歲了，不由得緊張起來。
還有1年就40歲了……
現在該做的事是……
就年紀來說……還是脫離不了找結婚對象?!
回到家裡又是過著徹底習慣的一個人的生活。
沙拉仙貝
無所事事
輕鬆自在、無憂無慮，也沒什麼不滿……
可是就這樣安於現狀好嗎?
呼~~
這時又開始啟動我拿手的那套思考模式。
想~~
提不起動力時就想像自己的未來，
來泡杯茶吧~
60幾歲?
假設未來依舊一個人住。

儘管每天過得悠閒自在……
啊，小咪你也要喝茶嗎？
養了貓
喵～
卻也覺得一個人的生活有些寂寞。
年輕時如果更努力尋找結婚對象，現在可能又是不一樣的人生……
喵～
喵～
像這樣故意想像「由於沒做○○事而深感懊悔」……
那時候如果再努力一點的話……
這麼做真的是對的嗎～
嗚喔喔……我這個人真是猶豫不決、鬱卒透頂……
鬱悶
煩惱
不安
負面妄想能量變成行動力!!
還是趁現在先付諸行動!!
咚!!
如果盡了力最後還是一個人，那我也沒什麼好埋怨的!!
有你陪我就好了～
呼嚕
喵～
60幾歲看開了

可是該怎麼找結婚對象呢？
辦公中心裡也沒那種氣氛……
大家都各做各的事沒什麼交談。
喀嚓
喀嚓
喀嚓
每天來的人也不一樣。
最簡單的還是去參加未婚聯誼嗎?!
回家之後立刻上網查。
Google
咻
原本以為我這年紀參加聯誼可能有點難……
啊，有針對40歲上下的聯誼會，還有針對其他各種條件設定的活動!!
不過這種聯誼會好像是大家輪著一個一個做自我介紹。
想像
轉~
你好~
你好~
你好~
轉~
轉~
轉~
這對怕生的我來說難度太高了~
這時想起前一陣子聽到的一件事……
我去參加未婚巴士旅遊聯誼，比一般聯誼會交談起來自然，又可以觀光，很不錯喔~
正在找結婚對象的朋友
因此也查一下未婚巴士旅遊聯誼。
哦~真的耶!! 有採櫻桃之旅、健行&烤肉……種類很多耶!!
也有限定30~49歲的!!
歡樂巴士旅遊
東京出發

這種活動的話，大概比較不會那麼緊張吧？
我幫妳摘這些櫻桃，
哇～
謝謝。
不過越審慎嚴謹的活動越會注意核對本人。
報名時須出示身分證件，當天並須相互交換簡歷卡……
嗯～我出書什麼的都是用本名，這種時候實在有點不喜歡讓人家知道我的底細……
您的職業是插畫家，那都畫什麼樣的畫呢？
啊，嗯～，這個嘛……
簡歷
前幾天見到的那個人就是出這種書喔～
一個人住第9年
高木直子
或許可以含混過關，可是我又不想說謊。
後來我又查了很多也猶豫很久……
哇～早知道就用一個完全不一樣的筆名～
最後還是沒勇氣報名。
負面妄想能量這次起爆失敗。
頹喪
話又說回來，自己到底想找什麼樣的對象呢？
沒談過什麼戀愛，連自己的理想對象條件都搞不清楚。

記得以前聽人家說……
喜歡什麼樣類型的對象，有機會最好先具體周告身邊的親朋好友。
或許人家會幫你介紹!!
我思考一下自己心中的理想對象。
轟隆……
嗯～就拿這電車裡的人來說……
瞄
瞄
轟隆……
轟隆……
這個人有點太年輕～
轟隆……
那個人看來興趣跟我不合。
轟隆……
這個人好像也不是我喜歡的那型。
週刊五四三
不過就算外表不是喜歡的那型，如果相處自在或許長相也不是問題。
看起來變帥了～
溫馨
自在～
這麼說來，我就沒有特別喜歡的外型嘍？
誰都可以？
轟隆……
轟隆……

不不!!
應該更具體想一想才是!!
轟隆……
嗯……跟五官分明那種相比，我可能比較喜歡眼角下垂、長得像狸貓的人。
轟隆……
至於個性嘛……
轟隆……
我自己的個性也不是多好，也就不好意思要求太多……
轟隆……
嗯～不過還是溫柔體貼、悠然自得的那種人比較好吧……
另外就是不賭博的……
轟隆……
轟隆……
還有就是～
嗯～
嗯～
即將抵達～
結果找對象這事一點也沒進展……
但是如果被問到，
……那妳喜歡哪一種類型的人？
嗯～這個嘛～長得像狸貓、不賭博又悠然自得的那種人吧～
呵呵～
妳說什麼？？
我決定盡量具體的回答。

編輯加藤小姐

第2章

那個人挺不錯的

不知不覺間40歲生日
悄悄地來臨了……
我依舊一個人住。
嗯～……
而且生日這天
我還沒來由地肚子痛。
哎喲……
吃點熱熱的東西
可能會好起來。
絞痛～ 絞痛～
嗚嗚……
做個
菜粥吧～
絞痛
絞痛
搖搖
晃晃
40歲之前
有時覺得好慌……
啊～就快40歲了～
要趕在40歲前完成的事是～
不過真的邁入40歲
也不過如此。
……
呼～
呼～
平淡無奇的
四十歲起點

儘管40歲的開頭並不精采，生活上還是有少許變化。
噹
噹
轟轟隆
轟轟隆
肚子痛好了♥
NEW 工作室
新租了辦公室的朋友找我一起分租，因此這裡成了我的新工作室。
早~
早~
起先我們還自己動手裝修
嗯~我很想把這地毯換掉~
破舊……
自稱DIY一族
沒有重新裝潢
有一天，我們利用工作的空檔自己貼木地板。
嗚~還滿重的!!
地板用材
噫……這個電鑽一點也鑽不進去。
好硬……
堅硬
堅硬
對了，附近那家店的人說……
搬過來的時候去打招呼
點心
我們有很多工具，需要什麼東西儘管過來借，不用客氣!!

對……對不起~
嘎啦
請問你們有沒有比這更有力的電鑽？
這個是我們有的電鑽裡最有力的，
很大
用的時候需要一點訣竅。
我跟妳一起過去，告訴妳怎麼用。
我現在剛好有空
打擾你工作真是不好意思~
這裡跟這裡要鑽洞，是嗎？
嘰嘎嘰嘎
啊，是的，那就麻煩您了!!
我來按著
嘰嘰嘰
哇！好厲害!!一下子就鑽好了!!
那這個也一起弄一弄吧。
這個人好熱心……

之後也常有機會和那個人聊幾句……
便利商店
嘰~
COFFEE
啊!
那天非常謝謝你~
剛才有客人送我們好大一個年輪蛋糕，我拿一點過來~
請你嚐嚐~
嘎啦啦
哇，謝謝妳!!
我訂了一些高知的文旦，拿幾個過來給妳們吃看看。
我每年都會訂♥
很大——!!
那怎麼好意思?!
那陣子剛好我工作很忙，有一個星期天也去工作室工作……
呼~還有3頁~
咚咚!!
宅配給您送東西過來了!!
啊!請稍等!!
突然收到很大的帝王蟹。
很大~!!
哇—!!
低溫宅配

那是正在北海道旅遊的朋友寄來的……
這是給妳的生日禮物!!
不好意思有點晚了!!
讓妳驚喜一下!!
哎呀呀……
怎麼辦~
為什麼說怎麼辦呢？
因為這天是星期日，工作室裡沒其他人，也還沒有冰箱。
工作還沒做完……
驚慌
失措
就算拿回去一個人也吃不完~
這時，發現一個熟悉的臉孔從眼前經過。
發呆~
啊!!
對……對不起!!
砰~!!
啊，妳好~
我……我剛收到螃蟹……!!
螃蟹??
就是這個……可以跟你借一下冰箱嗎？
很大
哇~這個我的冰箱也放不下……
我的冰箱都滿了……
不過我有保冷箱，我拿過來給妳好了。

說完就拿了一個大又精緻的保冷箱來借我。
這樣放一天應該沒問題。
真是太謝謝你了～
冰
便利商店
↖買了冰塊。
呼～總算有地方保存……
太好了。
接下來呢……
Coleman
嗯……我有看來超美味的螃蟹，明天晚上要不要過來一起吃？
嗶
叮咚～♫
啊，馬上收到回信了!!
螃蟹?! 好啊!! 好啊!!
啊，對了，應該找那個借我保冷箱的先生一起過來比較好吧？
都給人家看到螃蟹了……
於是第2天晚上……
幾個人聚在工作室開螃蟹趴。
謝謝你們的邀請，真不好意思。
打擾了～
哪裡哪裡～
我帶了土鍋，最後來煮螃蟹火鍋吧!!
我也買了酒!!♥
咚
咚
wine
wine
BEER
炸魚肉餅

另外還買了很多小菜。

我和那位先生
這時才多聊了些……
你喝啤酒嗎？
BEER
啊，好，謝謝！
感覺兩人話很投機，
喜歡的食物也相近……
哇喔～這螃蟹好好吃喔!!
肉很多又結實!!
不愧是來自北海道!!
我也很喜歡吃螃蟹
這天晚上的螃蟹趴
在一片歡樂中
進入尾聲……
螃蟹火鍋煮好了～
耶～
耶～
BEER
wine
哇～
哇～
……
發呆～……
我覺得那個人
挺不錯的～
這樣弄蟹肉就會跑出來。
折
喔～
相～……
還幫我剝螃蟹。
雖然不太相信
自己對異性的眼光，
不過這次周圍的人都跟我說……
高木，
上次一起過來
吃螃蟹的
那位先生
很不錯嘛!!
長得也有點像狸貓!!

就在我這麼想的某一天——
啊！
你好~
啊，妳好！
黃金週店休公告
5/3～5/6
休息4天，
敬請見諒。
黃金週你要休息是嗎？
是的，
只休後半……
要去哪裡玩嗎？
什麼預定都沒有，連生日那天也是~
哈哈哈
生日？
……
這年紀了，都不太好意思說兒童節那天是我的生日。
5月5日~
那我們一起吃個飯好嗎？
我也沒什麼事~
真的?!
於是就這樣自然而然的……
兩人開始交往。

熱心的人

在工作室要吃那位先生送的文旦時……
哇喔~好硬!!
連大拇指都弄不進去!!
用力……
如果不知道怎麼剝皮，請拿過來我這裡。
對……對不起~
用這種剝皮器就可以很輕鬆剝開來~
咻咻
真的耶~
開
哇喔~剝得好漂亮，像店裡賣的!!
這件事又讓我對他留下非常好的印象。
外皮也弄得像一個盅。
連果肉的外膜都幫我剝掉了。

第3章

40歲這個年紀

就這樣年過40才開始交往。
請多多指教~
請多多指教~
40歲
43歲
比我高2個年級，
我叫他「小亞」。
開始交往後，他依舊沉穩體貼……
今天去老街走走吧！
回想過去少數幾次的戀愛經驗……
對不起，我可以去蓋個朱印嗎？
在收集神社寺廟的朱印
可以啊~
這個人好像不錯?!
直覺—
我很早就意識到這點。
麻煩你。
御朱印
沒多久，我又開始考慮到一件事。
嗯~
現在光是一起出去走走都覺得非常愉快……
如果再年輕一點，我就希望一邊慢慢享受這種時光一邊繼續交往……

但是都40歲了，不能那麼悠哉了吧？
我從以前就很想要有個小孩，
肚子裡有小貝比是什麼樣的感覺？
一直對這很好奇。
話又說回來，40歲這年紀也許已經太晚了。
而且才剛開始交往就提這種事，搞不好把人家嚇跑了……
嗯～……
可是如果這樣慢慢交往下去，未來又是如何？
這時我又開始幻想未來。
想～～
我覺得我跟小亞以後也可以相處融洽。
啊哈哈
啊哈哈
如果有一天結了婚，就算一直沒小孩，兩個人一樣可以過得很愉快。
租一小塊地2個人一起種田
哇～好大的地瓜～
開休旅車環遊日本一周也不錯♡
噗
噗
2970

我想
那樣的人生
一定也
很幸福……
今天要去哪裡~
噗
噗
可是如果那時
馬上認真考慮
生小孩的事，
現在又是
怎樣的生活？
也許我內心
會一直掛念這件事……
假設努力了，
結果還是沒小孩，
那也就算了!!
我不想在應該是
很愉快的2人生活裡
留下陰影!!
總而言之，
已經沒時間了!!
我就明白表示吧!!
我決定跟小亞
表白清楚!!
嗚喔喔~
時間緊迫下
開始衝勁
十足的那一型
不過畢竟很難說出口
嗯~嗯~
我想……
乾杯~
噫？
什麼事？
讓您久等了~
哇哈哈
嗯~這個……
實在有點難以啟齒~
在幫我夾沙拉

才剛開始交往
就提這種事未免太那個，
不過你也知道
我已經40歲了!!
撲通
撲通
不安
不安
忐忑
嗯……
這個……
嗯……
我想如果要小孩
就應該儘早下決定，
你覺得呢?!
?
嗯～沒事～
還是說不出口……
之後兩人依舊相處融洽，
而我也一直沒能說出口……
呼～!!
夏之祭
夏天喝啤酒
真美味!!
熱鬧
熱鬧
嘈雜
嘈雜
嘈雜
嘿！
這可不是
悠哉喝啤酒的
時候!!
腦海裡經常縈繞著
這樣的念頭……
咕嚕
咕嚕
夏天快結束時，
終於決定鼓起勇氣開口。
嗯～～
才交往3、4個月
就問這種問題
未免太那個了～
可是我們
年紀也都不小了。
咕嚕
咕嚕
噫？
如……
如果想要小孩的話，
還是盡快比較好，
你覺得呢？
終於
說出來了!!

噫？
小……
小孩?!
嗯……嗯
嗯～
我從來沒考慮過
這個問題……
我的意思是說，
我們兩個以後會怎麼樣
也還不知道，
而且或許你
並不想要小孩，
不過考慮到年紀問題，
還是問一下比較好～
啊哈哈
混種狗
嗯～
也不是不想要小孩，
只是最近我們家
事情很多，不是談
這些事的時候……
……
那陣子小亞爸爸身體不好，
家裡事情很多，很辛苦。
對不起，
突然問這種
奇怪的問題，
不過還是希望
你能考慮一下。
嘿嘿嘿……
嗯，
我會
考慮的。
這件事
暫時就此打住。
突然問那種問題，
人家當然會
嚇一跳……
我這時想
可能今年以內
就能得到回覆。
不過
他也說
他會考慮……
嘩啦
唰
唰
然而秋天過了，
冬天來了……
哇～
紅葉耶～!!
聖誕節快樂!!

直到那年年底，我依舊沒得到回覆。
ㄎㄨㄥ—
哇—
哇—
父
母
回三重老家過年
啊！已經是新的一年了?!
接著春天來了，我又多了1歲……
賀41歲
1年真的過得很快。
心裡也越來越不舒坦。
……
馬麻~
噠
噠
之後我又委婉地問了一下，不過他的回答還是一樣……
哼，明明說要考慮看看的……
不滿
不滿
不滿
我看根本沒考慮……
這種不明確的狀況對我來講是最困擾的。
這樣蹉跎下去所剩的時間也越來越少了~
煩惱
鬱悶
不安
還是儘管我一開始就覺得人家是個不錯的結婚對象，而人家卻完全不這麼想?!
耶~
耶~
再觀察看看吧~
品評中
生氣
生氣
生氣

有一天我心中的悶氣終於爆發了。
鈴鈴鈴
震動……
火冒三丈!!
在得到明確回答之前，我是不會接你電話的!!
又打來了……
鈴鈴鈴
震動……
我還是不會接的!!
就這樣過了3天……
噫？今天改傳mail……
叮鈴～
既然傳mail就看一下吧。
本來想親自告訴妳的，可是妳都不接電話，只好改傳mail。家父昨晚去世了，我暫時得忙著籌備喪禮等事宜，還請見諒。
啊……
我只考慮到自己，在他最傷痛的時候卻沒能為他做什麼……
我深切地反省。
嘩——
心情沉重
……
去參加守夜。

小亞也消沉了好些日子……
對不起，前些時候都沒接你的電話……
嗯……
之後終於漸漸打起精神，2人又恢復到先前。
交往也進入第2年
今天去哪裡好呢～
但那之後總覺得很難再開口提將來的事。
看來我暫時還是會一個人住～
癱
那年秋天我住的房子正好租約到期……
這裡秋天就住滿10年了……
如果再簽約，大概又會一直窩在這裡……
我不要這樣!!為了重新振作，至少應該先搬離這裡!!
我突然興起搬家的念頭!!
嗚喔
我最近一直在找房子想搬家～
……
西陽國宅
○○公寓
△△大樓
北川宅邸
可是工作室附近都沒有中意的～

找一個人住的房子就好了吧？
嗯～這樣也好……
還是就乾脆……
2個人一起住？
什麼?!
你是說真的嗎？
嗯……還有小孩的事……
我們就認真地考慮吧……
原來小亞都有在想這些問題……
嗚……嗯……
於是兩人開始一起找房子。
啊，這裡怎麼樣？
租屋.com

第4章

爸媽最後一次在我一個人的住處過夜

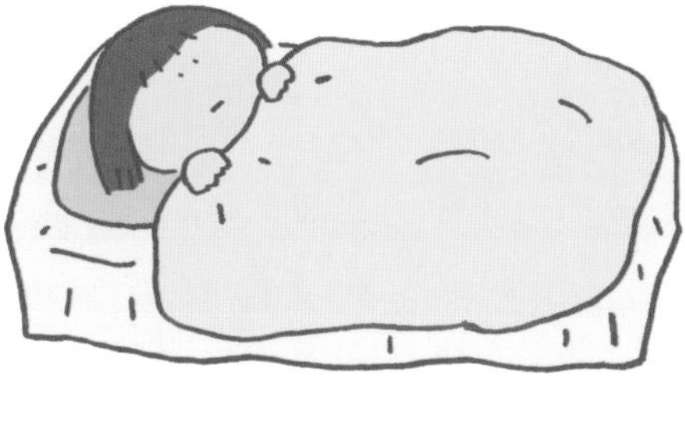

我們開始找兩個人住的房子……
大道旁高級住宅
採光佳
朝南
啊，這裡離工作室也很近，好像可以考慮!!
陳舊……
大道旁高級住宅
哎喲～比想像的舊，而且前面就是大馬路，空氣也不好……
真糟糕……
噗噗
噗噗噗……
但是都沒找到理想的。
考慮到小亞還在服喪期間，我們原本預定先不辦結婚登記……
不過既然要一起住，還是應該正式介紹給父母認識才對吧～
可是我從來沒帶男朋友給父母看過，總覺得有點彆扭……
臉紅
啊，這是我男朋友～
你好～
父
母
像這樣……
早的人大概高中時候就經驗過了吧。
可以的話也想請爸媽到東京來，雙方家長見個面……
可是只為了這個請他們來，也不太好意思……
嗯～
※小亞家住東京。
對了!!剛好有大相撲9月場所（大相撲秋季比賽），就拿這個當藉口請他們來一趟吧!!
大相撲九月場所
兩國國技館
靈機一動
爸爸喜歡看相撲，一定會很高興!!

因此打電話回家告訴爸媽這事。
嘟嚕嚕……
嘟嚕嚕……
不安
忐忑
喀嚓
喂~
啊，媽~
啊，直子嗎~最近好不好啊？
不由得鬆了一口氣
啊……嗯，還不錯。
本來想這種大事是不是應該先告訴爸爸……
嗯……過年的時候我不是告訴妳我最近交了一個男朋友。
啊~你們處得還不錯，是嗎？
低語
低語
嗯……我們想說一起住~
啥米?!
所以想正式介紹給你們認識，妳和爸9月可不可以一起到東京來一趟，順便看大相撲比賽~
不好意思直接跟爸爸說，只好請媽媽轉達……
那妳幫我問一下爸爸!!
妳爸說他也要去~
他說也想看相撲比賽~
兩人都很爽快答應來東京……
呼
之後也順利買到相撲比賽的票。
耶~~
買到池座的票!!
大相撲
九月場所

接著開始找兩家聚餐的地方……
環境雅緻又不會讓人太拘謹，而且東西又好吃的餐廳!!
我來找找～
聚餐包廂
日本料理
中國菜
麵點
法國菜
喀嚓
喀嚓
另一方面也繼續找房子……
嗯～這裡很安靜，可是現在空出來的房子是朝西，採光可能不太好。
說得也是……
這時候，小亞似乎越來越緊張。
如果妳爸媽看到妳男朋友長這樣很失望，那怎麼辦？
搞不好他們覺得還沒結婚怎麼就要住一起……
我爸媽其實是很不拘小節的人，應該沒問題啦。
碰到這種情形還是男人比較會緊張嗎？
走
走
不知不覺間到了9月……
爸媽終於來到東京。
啊，看到他們了!!
東海道新幹線月台
16 17
↖14
嘈雜
嘈雜
這邊這邊!!
嘈雜

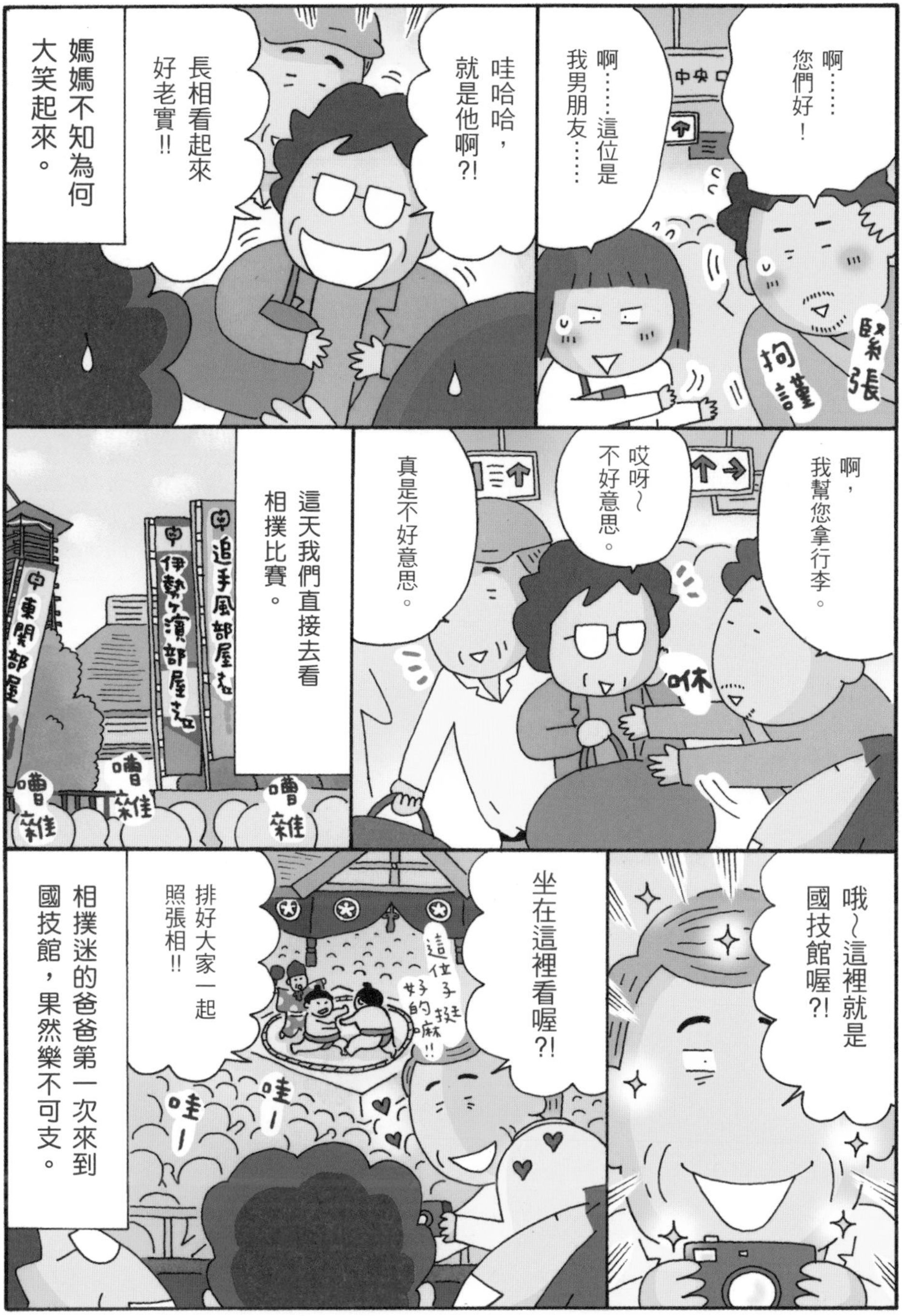
啊……您們好！
啊……這位是我男朋友……
緊張
拘謹
哇哈哈，就是他啊?!
長相看起來好老實!!
媽媽不知為何大笑起來。
啊，我幫您拿行李。
哎呀～不好意思。
真是不好意思。
咻
這天我們直接去看相撲比賽。
追手風部屋
伊勢ヶ濱部屋
東関部屋
嘈雜
嘈雜
嘈雜
哦～這裡就是國技館喔?!
坐在這裡看喔?!
這位子挺好的嘛!!
排好大家一起照張相!!
哇ー
哇ー
相撲迷的爸爸第一次來到國技館，果然樂不可支。

儘管池座的位子有點窄……
哇—
擠擠
擠擠
哇—
哇—
但同是相撲迷的小亞和爸爸仍很自然地聊起來。
今天這組比賽很值得一看。
啊～那個相撲選手最近表現不錯。
今日賽程
看到父母和男朋友有說有笑，真是一件開心的事。
以前有一個名叫○○的相撲選手。
我媽媽也很喜歡那位相撲選手。
有共同話題真好♥
而相撲比賽也進行激烈……
加油
加油
!!
哇—
哇—
哇—
啊～真精采!!
現場看和看電視果然不一樣！
真是謝謝啦!!
歡喜
歡喜
爸媽都看相撲看得很高興，這天晚上就住在我家。
爸媽喝茶～

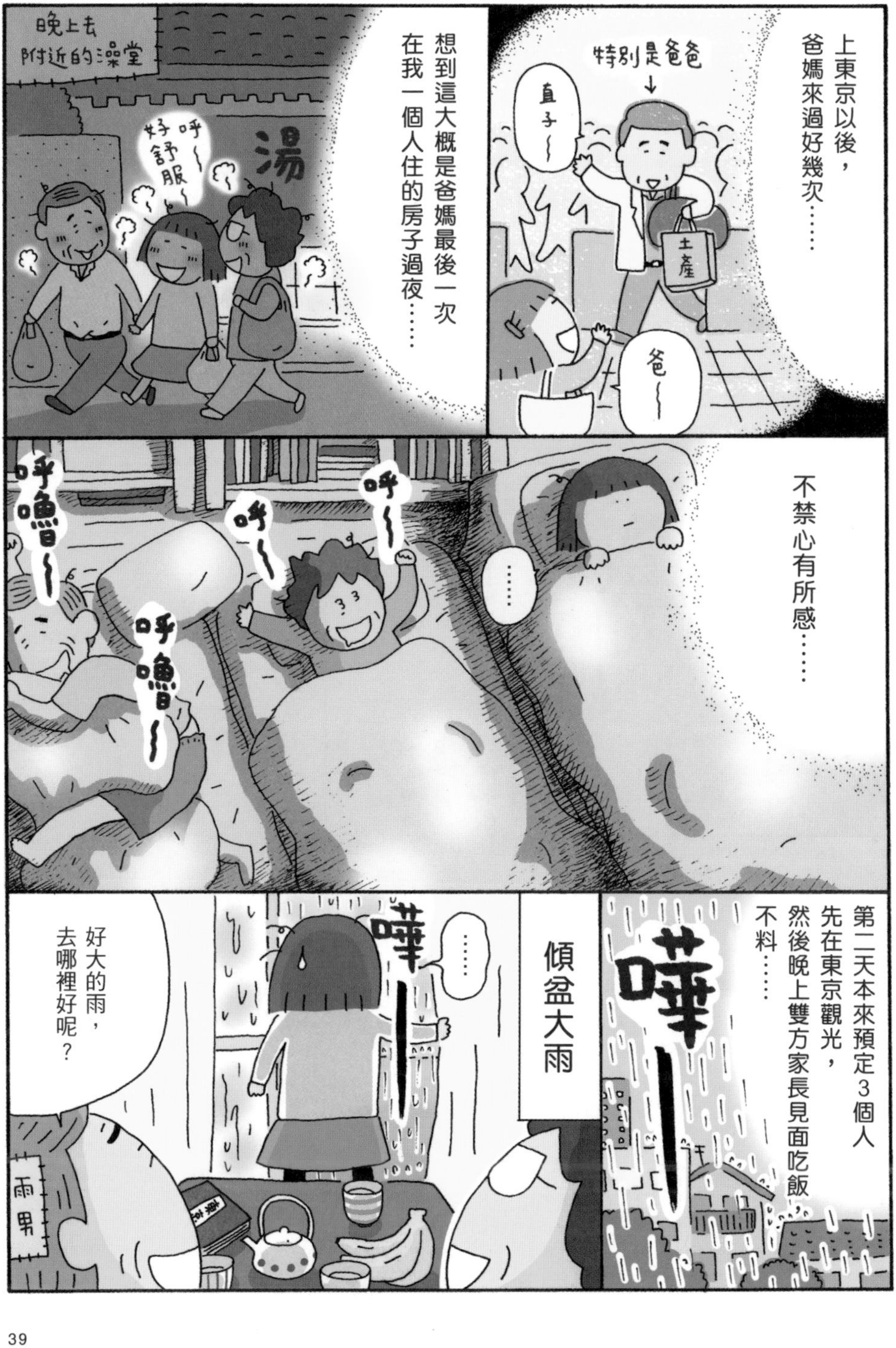

上東京以後，爸媽來過好幾次……
特別是爸爸
直子～
爸～
想到這大概是爸媽最後一次在我一個人住的房子過夜……
晚上去附近的澡堂
湯
呼～好舒服～
不禁心有所感……
……
呼～
呼～
呼嚕～
呼嚕～
第二天本來預定3個人先在東京觀光，然後晚上雙方家長見面吃飯不料……
嘩—
傾盆大雨
嘩—
……
好大的雨，去哪裡好呢？
雨男

結果是去參觀某家電視台……
嘩—
NHK
超高畫質電視 3300萬畫素8K
這8K電視畫質真棒!!
好先進的技術!!
NEWS
哇~好像真的播報台!!
在現場直播節目耶!!
哇—
哇—
晨間劇參觀區
小希的和菓子
直子，妳幫我跟這個女演員的立牌照張相!!
妳爸是她的粉絲~
爸媽這天都非常開心。
這天晚上的餐會雖然大家都有些緊張，但氣氛和諧融洽……
哪裡哪裡~
請多多指教~
小亞的媽媽
雙方家長見面愉快，我也鬆了一口氣。
這道菜真好吃~
是啊~

爸媽隔天就要踏上歸途。
JR
新幹線月台
謝謝你們這次特地到東京來~
我才要謝謝你們的招待~
東京
偷……偷偷問一下，妳對小亞的印象如何？
嗯？這個嘛~
不由得偷偷問媽媽。
我想妳年紀一大把大概沒指望了，沒想到還有這機會，我真的很高興!!
哇哈哈
年紀一大把……
他看起來人很好，我也沒什麼好擔心的。
不過還是有點傷心女兒被搶走，不管女兒幾歲!!
噫？
這樣子喔……
再見嘍!!
多保重~
路上小心~
就這樣爸媽很快就回去了……
接著房子也總算找好了。
喜歡的那棟大樓有朝南的房子空出來了!!
太好了!!

小亞簡介
自然髮卷
除了朱印以外
還收集紀念幣
紀念幣
在觀光景點
經常有賣
像這種東西
生長在東京
喜歡的食物
拉麵 冰淇淋
油豆腐
不敢吃的食物
香菇
愛好
電視劇
太陽劇團
佛像
相撲
體格健壯，可能
因為高中時參加橄
欖球社的緣故。
專長
DIY

第5章

與矮飯桌告別

房子終於找好了，搬家的日子
也越來越接近了。
嗯～
我住的地方明明前一陣子
才做過斷捨離……
……
然而東西
還是很多很多。
當然其中也有很多
令人留戀的東西，它們在
一個人住的漫長歲月裡
一直伴著我……
呼～……
呼
呼
可是我也不想把
那些刻滿一個人住的
歲月痕跡的東西
帶到新家去!!
砰～!!
突然湧現這種心情，
於是開始更進一步地
斷捨離……
請人家搬東西
也是要
花錢的!!
破舊……
這個也不要了吧?!
這個架子
也丟了吧!!
此外，
兩人還抽空上醫院。
醫院
不安
忐忑

決定要一起住時……
如果想要有小孩，還是先去醫院做檢查比較好吧～
因此打電話給附近一家風評好像不錯的醫院。
初診預約差不多要等2個月。
什麼？那麼久?!
搬家前終於排到看醫生。
果然人很多～
忐忑
不安
看一下周圍，有的人和我年紀差不多，有的看起來很年輕，也有看來是上班時間抽空過來的職業婦女……
小姐～
ㄎㄡ
ㄎㄡ
另外還有幾對夫婦，先生們都看來溫柔體貼……
這裡先坐一下吧。
那家醫院主治不孕症，我想來這裡的應該都是想要有小孩的人……
很難如願的人也很多吧……
這麼一想，不由得難過起來。

今天主要是問診和抽血檢查，改天再來聽醫生說明。
批價
請妳下星期再來一趟，
今天總共是……
一萬九千日圓。
!!
啊~我聽說這種醫院不能用健保很貴……
果然很貴~
醫院
才只有做檢查而已……
接著又去簽新居的租約。
房屋仲介
請填一下這張契約書，
另外關於火險~
咦？
同住者
姓名
稱謂
年齡
咦？
2年方案
同住
姓名
稱謂
你跟我的關係要寫什麼？
還不是夫妻，寫男友也很奇怪吧?!

寫未婚夫不就好了？
那我就是你的未婚妻嘍？
是不是？未婚夫？未婚夫？
嘻嘻
嘻嘻
這輩子第一次冠上未婚妻這頭銜，讓我有點喜不自禁……
……
搬家的準備也進入最後階段。
嘿咻
嘿咻
嘎答
嘎答
啊～這種時候有男生幫忙真好～
好多大型垃圾要丟喔。
呼～
嗯……
跟用了多年的東西告別固然傷心，
收費大型垃圾
但最難割捨的要數這張矮桌。
……
收費垃圾A
收費垃圾B
這是我還住家裡時用暖桌改成的……
嘿嘿嘿～矮飯桌式的暖桌～
叩
叩
叩
上東京時一起帶過來，已經陪伴我將近20年。

我曾在這桌上
一個人喝啤酒……
嘿嘿嘿，生魚片半價～
BEER
畫圖……
要拿去參加下次的插畫比賽!!
勤奮
努力
有時低聲哭泣……
啜泣
啜泣
這張矮飯桌
真的是刻滿許多回憶……
換日光燈管燈～
晃晃
搖搖
暖和
暖和
呼ー
呼ー
這是家鄉那裡的土產～
茶
海苔
謝謝～
塗ー
塗ー
重新上亮光漆～
真的要丟嗎？
拿過去也可以啊！
沒關係，
已經很舊了……
而且割捨
也很重要……
再見……
謝謝你
多年來的陪伴。

過了幾天，我去醫院聽醫生說明檢查結果。
醫院
小亞這天上班
不安
忐忑
嗯～上次檢查的結果……
是……是。
忐忑
不安
兩位都沒什麼大問題。
是嗎？
呼
可是，妳有點甲狀腺素分泌不足。
噫……甲狀腺素??
妳或許很少聽到這名詞，這是從位於喉結下方的器官分泌出來的荷爾蒙……
分泌不足可能導致橋本氏甲狀腺炎，相反的分泌過多則容易造成甲狀腺機能亢進。
目前的程度並不至於影響日常生活……
……
不過如果妳想要有小孩的話，還是吃藥控制一下比較好。
還有就是AMH（抗穆勒氏荷爾蒙）指數也比平均低。
噫?!
抗……抗穆勒氏？

女性在出生時卵巢裡就已經具備了生成卵子的細胞，隨著年齡增加逐漸減少，不會再生。
減少的速度因人而異。
這指數是研判卵子的存量，而卵子所剩數量和品質並不能畫等號，所以這只是一個參考而已……
從數據來看，妳的卵巢功能比實際年齡大3～4歲。
剩餘的數量偏少……
打擊——
還有妳說你們還沒結婚……
是……是的……
我們醫院有些治療並不適用未婚者……
包括這方面的問題，還請你們加緊思考。
醫院
……
呵呵……我從來沒生過大病，還跑馬拉松打太極拳，一直自認身體健康……
呼～
看來身體漸漸老化是不爭的事實……
哈哈……這也是理所當然的……
然後把醫生的話如實告訴小亞。
如此如此這般這般，請加緊思考～
我也從今天開始吃藥。
內服藥

然後又繼續處理搬家的事情。
嗯～好多都要變更地址～
郵件、駕照、手機、健康保險、護照、信用卡、銀行、還有工作相關單位……
哈哈哈
以後如果結婚從夫姓，這些又得重新改一次……
……那我看我們還是辦結婚登記好了。
什麼?!
可……可是你還在服喪期間……
不辦很鋪張的婚禮，我想應該沒問題。
失措
驚慌
於是我們臨到搬家前才決定辦結婚登記……
雙方家長也都很為我們高興……
婚姻届
搬家地獄也總算結束了。
累斃死～
對了，他有跟我求婚嗎？

要不要辦婚禮？

我從以前對婚禮就沒什麼憧憬。
小亞好像也不感興趣，加上兩個人都這年紀了，不辦婚禮也好吧～
辦婚禮也很麻煩……
我以前也是這麼想，不過辦了以後還是覺得很有意義～
一輩子的回憶!!
至少照張相吧～
聽了各方的意見，我又重新考慮這問題……
例如辦個簡單的神前式。
喀噠
喀噠
小亞穿日式禮服應該很好看，我也想瞧一瞧……
日式臉孔!!
可是我一點也不想看自己穿日式或西式結婚禮服的樣子……
總覺得自己穿起來不好看。
不過爸媽或許想看女兒穿嫁裳的樣子。
對了，記得以前……
有一個歐吉桑每個月到我們家收3000日圓。
我是○○會館的!!
嘎啦

他是市內一處婚禮會場的職員……
謝謝～
爸媽儲備基金以備將來兒女之需。
結果3個小孩都沒在那裡辦婚禮……
那些錢去哪裡了？
或許他們有什麼想法也說不定……
於是問問爸媽的意見……
嗯……我想問問你們會不會希望我們辦婚禮？
不會啊～準備也很辛苦，不辦也沒關係吧？
……是喔
因此我們也就沒辦婚禮。
可是親戚包的紅包都收下了……
寿
御祝
沒辦婚禮就很難有機會跟大家致謝～
東京和三重縣又離那麼遠……
穿上正式一點的衣服在公園照張相……
喀嚓
自拍定時器。
花
把照片和禮物一起寄給親戚們。
禮品
結婚照？

好高興的頭銜

簽好租賃契約後……
呵呵～未婚妻哪～～
真難為情～
定情以後該做什麼啊？
喋喋不休
啊，那個啦!!下聘？
那聘禮呢？
呵呵
你不給我什麼聘禮嗎？
……
我下次買魷魚乾給妳好了。
魷魚乾!!
我很喜歡是沒錯，可是……

第6章

一起為一些無聊小事笑開懷

我24歲上東京開始一個人住。
耶～屬於我自己的窩～♡
很小很小的套房
然後一直一個人過著逍遙自在的生活……
嗞～
嘿嘿嘿……豬肉泡菜炒飯
喜歡的時間吃喜歡吃的東西……
一個人隨興去旅行……
♪
去沖繩
呼～
啾
啾
夜型人
想睡覺就睡覺 晚安♡
已經非常習慣這樣的日子……
哈～好懶得去洗澡～
癱～
哇哈哈
蝦味先
兩人一起住之前其實有點不安。
現在跟人家一起住會處得來嗎……
不安
忐忑
給人家看到自己邋遢的一面，或是為了一些小事吵架，那怎麼辦？
做菜也只會隨便做而已……
忐忑
不安
實際展開的兩人住的生活又是如何呢……
嗚～!!

啊～對對，就是那裡，好舒服喔!!
右邊很僵硬喔!!
按摩
按摩
按摩
按摩
呼～肩膀輕鬆多了!!
謝謝～
兩人都正當容易疲憊的年齡，經常互相按摩。
不謝～
換我幫你踩腳底。
哎喲!!
踩
踩
踩
太用力了嗎？
對不起
對不起
至於客廳裡的這台大電視機……
嗯～
和兩台BD錄放影機都是小亞從家裡帶過來的。
很大～!!
小亞是個超級電視迷，經常錄很多節目。
今天沒什麼好看的節目，妳要不要看我錄的電視劇？
遙控器也很多♥

尤其喜歡看電視劇……
我親眼看到了!!
那妳拿出證據來啊!!
雀躍
歡欣
歡欣
……
不過大概是我以前沒有看電視劇的習慣。
缺乏理解力，經常看到一半就看不懂在演什麼。
呆~~~
啊?!
妳開始覺得無聊了？
有點落寞
啊，沒……沒有啦！
驚
我是在想為什麼這個人知道那個女的事……
一開始不是有一段兩個人在店裡見面的情節嗎？
那時候她就在後面。
我全都知道!!
妳說什麼?!
這個演員叫什麼名字？
既然讓妳知道了，那我也就不客氣了!!
啊~!!
那個人叫○○○，在「△△△」那部電視劇裡演偵探，他也有拍牙膏的廣告。
另外他太太叫○○也是演員
咻
不過小亞總是會幫我做很多解說……
因此我最近也開始喜歡看電視。
終於弄懂了~
ㄎㄠ
ㄎㄠ
ㄎㄠ
哇沙米牛肉口味
你是誰?!
住手!!

兩個人的新居離工作室很近。
新居
徒步10分鐘
工作室
新辦公室
非常近
搬家後每天一起走路上班。
每天早上都會看到那隻狗耶~
走走
以前我的工作時間非常隨興……
10:00
嗯，開始工作嘍!!
咚
但現在盡量配合小亞固定的上下班時間，生活也變規律了。
19:00
辛苦了~
嘎啦啦……
那我們回去吧♫
也一起回家
回家的時候經常順路去超市買菜。
超市
晚餐吃什麼好呢~
起先兩個人的廚藝是半斤八兩……
只會隨便做。
喜歡吃生魚片。
味道沒保證。
擅長義大利麵和炒飯，可是只會做那幾樣。
結婚前住家裡。
味噌湯要怎麼做？

小亞做菜之前會先看食譜……
涼青菜的做法～
Lettuce Club
和食的基本
自己做飯真美味
還確切量分量和時間……
好，開始!!
連泡麵的時間都要量
嗶
豬骨拉麵
熱開水沖泡3分鐘
計時器
手很巧，所以也很會擺盤。
我做了義式三色沙拉～
而且似乎不討厭下廚……
看來廚藝會進步得比我快。
哼～
哼哼哼～
把我不用的圍裙給他。
BEER
另外譬如我這樣提議時……
啊，今天青花魚好便宜喔!!
今天晚上就吃鹽烤青花魚如何？
青花魚
98日圓
嗯，好啊～
……那主菜要吃什麼？
蛤?!
我……我只要有青花魚就夠了……
喔，那我炒個肉好了！
青花魚不能算主菜嗎？
可以買肉回去嗎？
小亞經常想吃很有飽足感的東西。

漸漸地變成小亞經常負責做主菜，而我只要做一些小菜就好。
很輕鬆♥
嗞～
嗞～
很重的中式鐵鍋
簡單的沙拉
BEER
鏘～
耶～開動了!!
啊，這道炒豬肉好好吃喔!!
你的廚藝越來越高明了!!
我加了魚露和蠔油醬。
鹽烤青花魚也好……
嗚!!
啊～我把魚刺吞進去差點鯁到～
要……要不要緊?!妳也真是的～
好險～
咕嚕
咕嚕
來吃骨頭吧～♪
哇哈哈，好懷念喔～
這是我們兩個最近常玩的「說些往事逗對方笑」的遊戲。
那是Ganta對不對?

※90年代中期某個寵物零食的電視廣告。

近畿地方的讀者們記得這廣告嗎？

才跳一會兒，果然沒用～
肚子好脹喔～
躺～～
哼
哼哼～
♪
……
小亞也會主動幫忙洗碗。
唰
唰
唰
啊～有一個不討厭做家事的老公真好！
我也來摺衣服吧～
咻
原本對兩個人的生活充滿不安……
不過好像也已經慢慢習慣了。
真的是船到橋頭自然直。
雖然不是那種如膠似漆的新婚生活……
老公～
什麼事啊～
LOVE
啵
啵
像這樣？
不過像這種輕鬆不拘的新婚生活也不錯……
呼～洗好了～
辛苦了～
啊!!

吸~~
啊，你在吃冰?!
才剛吃飽飯餓!!
會胖喔!!
撲通
呼~
剛才在廚房很熱~
妳要不要也來一枝？
什麼?!
嗚嗚~被引誘了……
吸~
吸~
吸~
如果要說有什麼煩惱的話，大概就是結婚以後我變胖了。
第二天早上——
啾
啾
兩個人又相偕去工作室。
走嘍~
咚
咚
窸窣
窸窣
等一下，我順便把保麗龍盤拿去超市回收。
已經積很多了!!

今天天氣真好～
好想曬棉被喔!!
例如吃了非常美味的大餐、或去了一個很棒的地方……
啊，今天又碰到那隻狗了～
走
走
這種幸福的瞬間在人生中俯拾皆是……
超市
妳昨天打呼好大聲喔。
像鴨子一樣！
你講亂～
保麗龍盤回收
但是像這樣身邊有一個人可以和你一起為一些無聊小事笑開懷……
唉呀!!我經過超市竟然忘了把保麗龍盤拿去回收!!
我往回走拿過去!!
哈哈哈，糊塗蟲～
這也是一種幸福～現在的我深深體會到這一點。

該走哪一種風格

剛搬過來時，東西還很少很少……
空蕩~
現在看要把家裡打造成什麼風格都可以!!
北歐風？自然風？
買家具的時候我想審慎一點~
雖然這麼想，後來還是迫於現實需要添購了東西。
需要椅子~
也自己做家具……
又隨意擺上自己喜愛的東西……
嘿嘿……
金魚燈籠♥
藤子不二雄全集~♥
結果搞不清想要把房間布置成什麼樣的風格。
亂七八糟~~
而且夏天還買了燈心草蓆，
哇~好香喔!!
燈心草蓆
鋪在客廳吧
整體感覺很搭……
THE日式臉孔
橫躺
難道我們家該走的是「日式風格」？
呼~
呼~
現在開始打造「日式風格」?!

要集中精神才能分辨

小亞很喜歡喝咖啡，
我可以用自己的錢買咖啡機嗎？
一起住以後也是先買咖啡機回來。
這個還可以自動磨咖啡豆喔～♥
我雖然不懂得喝咖啡……
聲音聽起來很專業……
不過現沖的咖啡果然不一樣。
嗯～好香喔～～
我可以買這咖啡豆嗎？雖然有點貴……
這是新上市的～
可以啊～
雖然不懂得個中差異，但也樂趣無窮。
這就是高級一點的咖啡豆喔?!♥
嗅
嗅
今天早上的咖啡味道怎麼樣？
果然不一樣嗎？
啊?!
我忘記那是新買的咖啡豆，沒好好品嚐，不知道味道哪裡不一樣!!
小亞真懂得分辨咖啡嗎？
……
糟糕!!

新婚①

剛開始兩個人住時，彼此都有一點緊張。
請多多指教～
請多多包涵～
雖然在家裡，也不能太邋遢吧～
唰
唰
挺
挺
或許是彼此都有點緊張的關係，兩人每天早上很早就醒來……
啾
啾
一早在陽台喝咖啡。
啊哈哈
呵呵呵
買了一組新桌椅。
而最困擾的莫過於想上「大號」的時候……
害羞
害羞
我現在要上洗手間，你絕對不能靠近喔!!
嗯嗯……
對了，小亞好像不會在洗手間裡待很久……
我心想……
啊……我都忍耐到辦公室那裡才上……
害羞
害羞
什麼?!
原來是這樣!!

新婚②

然而漸漸習慣兩人的生活。
癱~
也就覺得上洗手間是生理現象，很正常。
太好了~終於解除3天的不順~!!
嘩啦~
呼~~
暢快無比~!!
有點便秘
出來好多喔~~!!
啦啦啦
啦~~
轉圈
轉圈
……不用跟我報告啦！
小亞也會在家裡上大號了……
彆扭
彆扭
唰 唰
妳去那邊一下!!
可是一定會趕人。
嗚~
早上也越睡越晚……
呼
呼
呼
陽台上的桌椅變成了曬衣架……
曬枕頭、坐墊時很方便♡

語言隔閡

自以為已經完全習慣東京的生活。
啊～肚子好餓喔～
要先ㄒㄝ米才行!!
什麼?ㄒㄝ米?
很多
你們不說ㄒㄝ米嗎?
洗米才對吧?
住在一起以後才發現我有時用的是方言。
啊～醬ㄑㄚ倒了!!
ㄑㄚ倒?
※弄倒的意思。
咚
電視後面ㄗㄨㄢ是灰塵～
ㄗㄨㄢ?
※都的意思。
小時候運動會都是ㄌㄠ尾～
ㄌㄠ尾?
※最後一名的意思。
啊，紅綠燈在ㄠ了～
趕快走過去吧!!
ㄠ是一閃一滅的意思嗎?
你們不說嗎?
小亞說應該是閃才對。

文化隔閡

今天是收不可ㄌㄢˊ垃圾，沒錯？
不可ㄌㄢˊ垃圾?!
為什發音這麼不標準呢？
哈哈哈
啊，不可ㄖㄢˊ垃圾才對齁……
我去換起司片吧！
披薩起司
啊，不要，我喜歡批ㄕㄚ起司~
批ㄕㄚ起司？
哇哈哈
氣……
小亞說我的發音太不標準……
另外還有一件事……
和菓子
柏葉餅
今天是兒童節，這家店怎麼沒有賣粽子呢？
粽子？妳是說中華料理的那種鹹粽？
噫?!
是那種用細竹葉捲起來的和菓子啦!!
老家那邊兒童節當天超市也會賣
多半是5枝一組地賣
裡面包的是像白色米糕的東西
沒看過。我們只吃柏葉餅。
什麼~
這是最近嚇一大跳的事。
啊，原來「比身高」那首歌裡說的吃粽子，
指的就是那個喔?!
是啊~!!

想念隨興隨意的簡單飯菜

大家以為呢？

不過如果妳沒有食慾，這樣也可以啊，我再煎個香腸吃就好了。
喔……
有點不太好意思……
嗞～
嗞～
拌
拌
我雖然嘴巴那麼說，一旦面前出現了……
煎得焦黃誘人
芥子醬
香腸分我一點～
好啊～
還是忍不住嘴饞。

當然我也因此吃得比較健康，可是……
變胖了！
今天有聚會還會供餐，晚餐妳自己一個人吃～
對不起～
但偶爾碰到這種情形……
好～
耶～耶～吃什麼好呢～
嗯，今天晚上就吃茶泡飯，飯後點心是洋芋片和布丁～!!
呼嚕呼嚕～
難得放縱一下吃得隨興隨意♥
POTATO

不動如山

據說我的睡相很差，
滾～
滾～
一個人住的時候根本不在乎這問題。
為什麼會變那樣……
啊？
亂七八糟～
而小亞……
晚安～
晚上
早上
呼—
不動如山!!
一樣的睡姿

第7章

分享喜悅

那之後
我仍然繼續上醫院……
呼~
醫院
為了做人成功，接受了許多諮商指導和治療。
我們來看看卵泡囊的發育情形，這邊請~
好的……
嗯~卵泡囊還沒怎麼發育，可以請妳明天再來一趟嗎？
啊，好的!!
但我還是得經常上醫院……
現在要打排卵針。
要受很多皮肉之苦，而且費用也很可觀。
臀部注射……
批價
今天總共是一萬六千二百日圓。
嗚嗚好貴喔~
加上一直沒好消息……
這個月也是陰性，上面都是白的……
驗孕棒
經常令人心灰意冷。
40歲以上的受孕機率果然很低，
不禁上網查很多資料
年齡別受孕機率圖表
20 25 30 35 40
看樣子有得熬了。
沮喪~
呼~
內服藥
好孕到

據說隨著年齡增加
卵子的品質也隨之降低，
好幾個週期才能排出
一次足以受孕的
正常卵子……
不過，我想只要不錯過這機會，還是有可能成功的!!
因此我決定先持續上一年醫院。
對了!! 不要光靠醫院，自己辦得到的也應該試試!!
嗚喔～
因此聽說有益受孕的，我都多方嘗試……
每天早上量基礎體溫
36.20
喝南非茶
做瑜伽
貓式
吃核桃
核桃
穿多雙襪子
喝石榴汁
石榴
中藥
也和小亞去賜子神社參拜。
祈求賜子
啪
啪
嘿嘿嘿嘿～♡
……
在神社求的賜子石，據說每天摸會帶來好運。
摸
摸

另外，我還想到要活化身體必須保持一顆年輕的心。
盯~
因此提醒自己提高墜入愛河的感覺。
盯~
呼~
呼~
啊~圓滾滾的好可愛喔!!
呼~
呼~
好像狸貓喔~
好喜歡喔!!
臉紅~
臉紅心跳的感覺果然很重要!!
等一下!!
仔細一看這男演員也很帥~
臉紅~
多重努力之下，一直很低的基礎體溫也開始提高，身體狀況改善不少。
歡欣~
虛冷的症頭沒了♫
然而依舊沒有好消息……
失望~
嗚嗚……這個月也沒有線……
驗孕棒

另外，我的體重不知為何直線上升……
應該是吃太多了吧……？
其實我自己也是。
最近常吃藥打針的關係啦!!
荷爾蒙的關係？
於是兩人經常晚上出去散步兼減重。
今天很暖和～
兩人漫無邊際地聊天，隨興亂走沒什麼目標……
中森明菜的歌我最喜歡〈紋身〉。
是喔～我可能最喜歡〈北翼〉～還有〈難破船〉吧～
這時間像是晚上約會，開心又愉快。
啊，你看，月亮好漂亮！
不知不覺間春天到了，我也42歲了，又是新綠奪目的季節——
啾
啾
嗯～下次的排卵期剛好碰到黃金週～
我去丟垃圾～
醫院也沒開，大概不能做什麼治療。
垃圾
DIARY
基礎體溫表

聽說驗孕棒用早上第一次的尿來驗最準。

之前用驗孕棒已經失望過好幾次……
這次大概也沒什麼希望吧。
但我還是每次都又緊張又期待。
嗯!!
我一定要等到結果出來才去看!!
咻
喀嚓
這回我和以往一樣在驗孕棒附近走來走去，焦急地等待……
放在這裡
……
徘徊
徘徊
徘徊
大約過了3分鐘，才悄悄地上前看結果。
差……差不多可以了吧……
結果……如何～
撲通
撲通
撲通
悄悄地
不料竟然出現以往從沒見過的紅線，儘管顏色很淡。
!!
這……這樣子是……
陽性反應……?!
哎呀呀呀……

啊～啊～
不得了了!!
不得了了!!
砰!!
呼～～
你看你看!!
噗!!
咚!!
你有沒有看到紅線?!
唰
……
妳要拿遠一點，我才看得見。
敗興
你老花眼嗎？
嗯……的確～
有看到線條，雖然很淡……
可是，就驗孕的時期來講，還有點太早吧？
先不要高興得太早。
我可是慎重派的!!

直到可以準確驗出是否懷孕的日子來臨前，每天都坐立難安。
肚子好像有一點痛～
徘徊
徘徊
嘿！今天也有看到線耶！！
忍不住每天都驗
過了一個星期，終於上醫院去。
我們要做一下內診，這邊請～
不安
忐忑
好……好的。
身體請放輕鬆～
忐忑
不安
忐忑
不安
忐忑
謝謝～
喀嚓
啊……辛……辛苦了～
陪我一起來
醫……醫生怎麼說？
竊竊
私語
嗯……醫生說是懷孕了沒錯……
忐忑不安的日子依然持續了一陣子……
不過還很初期，不能掉以輕心……
又經過3週，也確定出胎兒的心跳，這才總算放心。
耶～領了母子手冊～
哇～
2人一起分享喜悅。

不是這樣

※聽說《咕咕俱樂部》現在暫時停刊。

第8章

無法變年輕！

就這樣我在42歲時
幸運地懷孕了……
不過也很快
開始害喜。
吃點早餐吧？
SHIP
嗯……
我不吃……
癱
多少吃一點
比較好吧!!
那……
給我蘋果和
優格好了……
最近都是小亞做飯。
我要做培根蛋，
只做我的就好，
是嗎？
OIL
嗯~
原味優格
雖然覺得
很過意不去……
嗞~
嗚
味道很重，
這裡可以
關起來嗎？
培根……
可是經常
覺得噁心想吐，
身體完全不聽使喚。
啊！
對不起喔!!
嗞~

但還是每天去工作室。
妳還好嗎？
嗯……
蹌蹌
踉踉
走
走
不知為何，一到中午身體就好多了。
嗯？肚子好像有點餓。
咕～
午餐也大多可以吃得下……
三明治的話倒是吃得下～♥
麵包店
然而一到傍晚就又開始不舒服……
噫……
噁心
噁心
噁心
噁心
到了回家的時間……
今天的晚餐怎麼辦？
要不要順便去超市？
呼
我一點食慾都沒有……
晚餐我不吃了。
超市
本日點數3倍
肉類大特價
多半是這種情況。
怎麼這樣?!

妳想想看有沒有什麼東西可以吃得下，吃一點也好!!
嗯……
米 20% OFF
蛋 168日圓
98日圓
以前到了超市，總覺得想吃這想吃那的……
好想吃天婦羅!
也想吃麻婆豆腐……
很喜歡逛超市
然而現在不管看到什麼都覺得不好吃。
嗯……
嗯……
布丁展銷會
和菓子SALE
促銷商品
麵包大特價
連最喜歡的生魚片光聞到味道就不行，完全不敢靠近鮮魚區。
鮮魚區
嗚!!
嗯……毛豆或許我可以吃得下……
哦？那就買吧!!
毛豆 398日圓
呼……
呼……
對不起……我可以去外面透透氣嗎……
那我去排隊結帳，妳等一下!!
踉踉
蹌蹌
TOMATO

唉~沒有位子……
哇哈哈
呼……
呼……
噫？什麼味道好香喔!!
撲鼻~
不知為何，這時期的我很喜歡……
香水衛生紙的味道。
香水衛生紙 348日圓
12ロール
好一點了~
嗅
嗅
嗅
讓妳等很久，不好意思。
妳在做什麼？
※平常並不是特別喜歡
晚餐也是小亞準備。
小亞的份
炒青菜
買的炸雞塊
毛豆
我的份
味噌湯
啊……果然可以吃得下毛豆。
吃
吃
吃
可是光吃這樣不夠吧?!要不要吃一點我的菜？
那我吃一點炒青菜好了~
請~
類似這樣，這時期的我相當偏食。

一直持續吃某種東西……
妳今天也要吃毛豆嗎？
很便宜喔♥
毛豆
298日圓
促銷商品
然後有一天突然不吃……
掉頭~
不……我已經不想吃毛豆了。
什麼?!
吃得下的東西真的很有限，而且每天都不一樣……
裡面包梅乾的冷飯糰我或許吃得下~
鹽水煮的玉米我或許可以吃得下~
那買吧!!
煎菜餅裡面只放蔥，用醬油調味，煎得薄薄的，這樣我或許吃得下~
妳說什麼?!
自己也搞不清楚自己的身體狀況……
嗞~
關起來以免味道跑出來
嗯……
嗯，味道跟我想的完全符合~
好好吃~
太好了~
呼
非常感謝小亞貼心地順應我心血來潮的要求。

之後的產檢
也都沒問題……
小貝比現在的大小在平均範圍裡～
哇—
螢幕
懷孕進入第4個月後，害喜的情況也漸漸好轉。
可以吃得下拉麵了～
呼嚕
呼嚕
拉麵
呼—♥
謝謝光臨
啊……
哇哇～
乖乖～
我再過幾個月是不是也會變成那樣？
不過即將為人母的切實感受是不會一下子出現的吧。
……
哇～
哇～
小孩出生後每天會是怎麼樣的生活……
會和現在截然不同？
還無法想像有小寶寶的生活……
發呆～
小孩上學以後，PTA（家長教師聯合會）的工作我做得來嗎？運動會時，我會做那種很可愛的便當嗎？
卻已經開始擔心遠一點的未來。

畢竟已經40幾歲，體力也不行了。
有辦法配合小孩那種耗體力的遊樂活動嗎？
哇—我要去海水浴場～去兒童樂園～去露營～去動物園～帶我去啦～!!
小孩
另外同齡小孩的家長也都很年輕，我可能完全交不到朋友。
孤單～
小孩
30幾歲
哈哈!
哈哈哈
20幾歲
也可能被小孩這麼說……
驚慌失措
哇～為什麼我的把拔馬麻年紀這麼大～!!
教學觀摩的時候，你們不要來～
小孩
如果小孩因為這樣誤入歧途，變成《積木崩塌》那樣子怎麼辦～
……那是很久以前的故事了。
哇—!!
積穗隆信先生原著，依據親身經歷刻劃母親與走入歧途的女兒之間的矛盾糾葛，1983年改編成電視劇，創下高收視率!!
臭女人，錢拿來!!
不過我也有我的不安……如果生出來的是男孩，長大以後要我陪他踢足球、打棒球，我辦得到嗎？
還有小孩國中畢業的時候，我已經60歲了……
像這樣想到未知的將來，不由得憂心忡忡。
沮喪～

……不過這也是
改變不了的事實!!
不管怎麼努力
也沒辦法變年輕!!
我們兩個認識得很晚，
而且不是這時機
也不會有這個小孩!!
呼
我們雖然不年輕，
但應該也有
我們這年紀的優點
才對!!
終於想開了!!
說不定
我們小孩的興趣
是比較靜態的。
親子一起
看相撲
父母大人，
相撲果然
很有趣~
小孩
羊羹
哇—
哇—
哇—
但還是要
先生一個
健康的寶寶
才是!!
害喜的情況好轉了，
我也開始注意飲食營養……
鐵質!!
鈣質!!
蛋白質!!
吃
吃
吃
並努力維護
身體健康。
有利順產的
擺臀運動
搖~
搖~
船到橋頭
自然直!!
安產
Book

不能比較

40幾歲結婚面臨的現實

第9章

為人父母的實感

鈴鈴鈴
自從懷孕以後，媽媽就經常打電話給我。
媽媽
啊，我是媽媽啦，現在身體怎麼樣？都還好吧？
嗯，醫生也說一切正常～
那就好!! 有沒有慢慢在買生產要用的東西？
都還沒～
我們那時候生產要用的東西都是媽媽或婆婆幫忙準備的，現在還是這樣嗎？
東京那邊是怎麼樣？
嗯……現在應該沒這樣了吧？
我想買嬰兒的內衣還有棉被給妳～問題是那個怎麼辦？
女兒節娃娃。
昏倒
是男是女都還不知道，這未免太早了吧!!
可是，預產期不是2月嗎？如果是女生，很快就要過女兒節了!!
還是得先想一想～
妳不要因為是夏天就穿得太單薄，小心肚子著涼了!! 睡覺的時候，也要盡量穿上襪子～
嗯……嗯……
啊，妳爸說叫妳要小心不要被蚊子咬到!! 盡量不要靠近草叢，還有～
喋喋不休
碎念
碎念
碎念
碎念

呼～真能講，講這麼久～
終於掛電話了。
看來媽媽也很替我緊張。
嗶
嬰兒用品我是有看看型錄，可是也看不出個所以然……
需要什麼東西呢？
種類太多了，看得眼睛都花了～
嘩啦
嘩啦
嬰兒用品出租
嬰兒推車型錄
育嬰用品
MILK
嬰兒服
對了……為小寶寶做個東西，順便提高為人母的自覺……
親手織的襪子
這是媽媽送你的禮物～
離小孩出生還有一段時間，先來自己做做看吧～
縫
縫
縫
縫
縫
縫
電視週刊
給小寶寶的手作小物
哎呀～做出來的是歪七扭八的圍兜和玩具～
怎麼會這樣呢？
很好啊～反而別有趣味～
沙沙
沙沙
我也來做個什麼東西!!
喀吱喀吱
……
不久，小亞也被傳染了手作瘋。

幫兩人的新居做了電視櫃和廚房吧檯
小亞手很巧也擅長DIY……
呼~
I ♥ DIY
哇~鳥笛耶!!
光滑~
可以吹出聲音，而且好精緻!!
咻嚕嚕~
我是看書做的，不過的確很難……
自己動手做木玩具
嗚喔~我也要加油才行!!
嘎嘎嘎嘎嘎……
於是最近兩人都很熱中手作……
我也再做個東西吧……
自己動手做木玩具
假日時兩人也經常外出，
今天去哪裡好呢~
Lions
雖然已經進入穩定期，但還是不能太勞累，因此只在附近逛逛。
好想要一個這麼大的沙拉碗~
那要不要買整組，連湯匙和叉子一起買？

季節料理
在這裡吃午餐如何？
和食～♥
好啊～
午間定食
有一天進去一家中午也有營業的居酒屋。
哇～這家店很特別～
金目鯛
鰈魚卵
湯豆腐
熱清酒
兩個今日特餐～
好的
單點菜單
嗚～有很多適合當下酒菜的菜～
自從懷孕以後，我就沒來過這種店……
單點菜單
唉～我以前好喜歡在這種店小酌的說～
噫～已經被我喝光了嗎？
懷孕和哺乳期間都不能喝酒……
小孩還小的時候大概也沒這種閒情逸致……
兩個人不知道什麼時候才可以再來這種店對飲……

編註：日本習俗，「犬」是安產之神，是孕婦的守護神。懷孕第五個月的第一個「戌の日」（犬之日）要去祈求安產。

戴上連衣帽就變成兔子~
哈哈哈
哦
媽媽也會買這種東西喔？
小時候
買給我嘛~
不行!!
有事我很快就會再來的!!
自己要好好保重!!
妳已經是高字標記了!!
高齡產婦的古老說法
高
新幹線
KIOSK
便當
啊，睡覺的時候記得要用束腹帶喔!! 再見嘍!!
果然很興奮……
就這樣媽媽很快就回去了。
對了，肚子該開始搽點保養油預防妊娠紋了。
保濕
什麼?! 預防妊娠紋的妊娠霜、妊娠油請另一半幫忙搽，可營造爸爸與小寶寶的親子溝通時間~
原來如此~
準媽媽樂
於是請小亞幫我搽妊娠油。
麻煩你了~
啊，不是光搽而已，還要跟小寶寶說說話喔~
EARTH
掀~

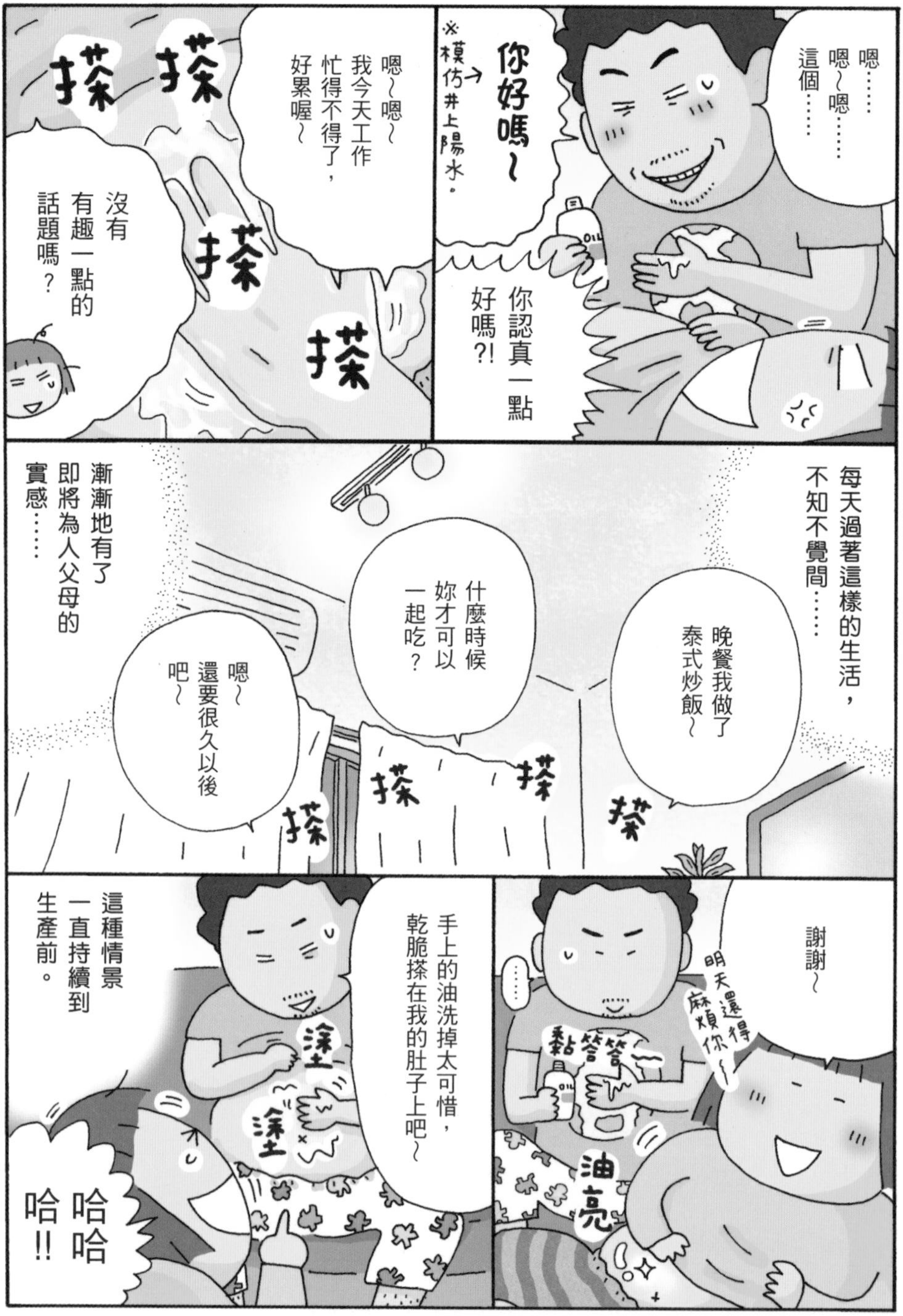

嗯……嗯～嗯……這個……
你好嗎～
※模仿井上陽水。
你認真一點好嗎?!
嗯～嗯～我今天工作忙得不得了，好累喔～
搽 搽 搽 搽
沒有有趣一點的話題嗎？
每天過著這樣的生活，不知不覺間……
晚餐我做了泰式炒飯～
什麼時候妳才可以一起吃？
嗯～還要很久以後吧～
搽 搽 搽 搽
漸漸地有了即將為人父母的實感……
謝謝～
明天還得麻煩你～
……
黏答答～
油亮
手上的油洗掉太可惜，乾脆搽在我的肚子上吧～
塗 塗
哈哈哈!!
這種情景一直持續到生產前。

……
今天也要麻煩你了~~♥
掀~
哈哈
摸摸我的肚子嘛♥

胎動

懷孕初期產檢次數較少，而且沒胎動，
裡面真的有小寶寶嗎？
哈囉～
因此一直很不安。
害喜是自己可以察覺出的唯一症狀，
今天整個人神清氣爽，該不會是有什麼狀況吧?!
害喜不嚴重的日子，也難免憂心。
那個人生了一個好健康的寶寶喔～
好羨慕～
在路上看到帶小寶寶的人都忍不住羨慕一番……
因此感覺出胎動的時候，我高興得不得了。
哇！動了!!
肚子裡真的有小貝比耶!!
蠕動 蠕動
起先很輕微的胎動也越來越明顯……
滾滾
哇！動得好厲害!!
嗯～感覺不出來～
剛才還在動呢～
靜悄悄……
接著動得越來越厲害……
啊～動得好凶喔!!
哎喲～
踢 踢
……現在乖乖的啊?!
靜悄悄……
可是很難讓小亞體會到。
噫～？剛才動得那麼凶，現在怎麼……
哈囉～～!!

我們也可以放心

超音波照片

看不出來照的到底是什麼？

害喜的結果

嚴重害喜中……
對不起，你特地做了我卻吃不下。
吃不下就不要勉強，我來吃就好。
中華拉麵
今天我或許可以吃得下鹽拉麵……
那麼我們就在這裡吃完再回去吧♥
嗚……不行，我還是吃不下……
這麼快?!
沒關係，我幫妳吃!!
麻油的味道……
就這樣在害喜的這段期間，我瘦了……
消瘦
長肉
瘦了3公斤
而小亞卻胖了。

為了孫子！

爸媽兩人都有手機，可是都不會發媚兒。
兩人拿的都是舊式手機
字太小了～
如果會用媚兒，出生的時候就可以從醫院傳照片給你們～
我這麼一說……
叮咚～
!!
竟然第一次收到媽媽的媚兒!!
天氣變冷了，要注意經常洗手漱口。這是我第一次發媚兒。媽媽
我很努力地練習發媚兒～
打那些字花了我20分鐘～
果然練習就會了嘛!!
這就是孫子的影響力?

第10章

終於進入倒數階段！

孕婦生活進入了尾聲。
後來知道肚子裡的小貝比是女寶寶，
嗯……大概是女生。
我的肚子也越來越大。
噫？女生!!
而且非常喜歡吃甜食。
蛋糕
蛋糕
今天冰淇淋特價，買些回去吧～
很喜歡吃冰淇淋
好啊～
100日圓
冰淇淋
全面特價68日圓
最叫我欲罷不能的是這款長期暢銷冰品。
加了巧克力脆片
GIONT CONE
啊～好好吃喔～
固〇果公司真厲害～
ㄎㄠ
ㄎㄠ
舔
舔
洗完澡後吃這款冰淇淋，尤其幸福。

不料……
嗯～血糖有點超標。
血……血糖?!
如果患了妊娠糖尿病，容易導致巨嬰症及其他種種併發症，
所以下星期還要再做一次檢查。
妊娠糖尿病這項檢查不合格。
哎喲～
巨嬰症餒～
最近甜的東西吃太多了。
我也跟著吃……
而且第二次的檢查很辛苦，從前一天晚上就得開始禁食，只能喝水。
會有點痛，請忍耐一下～
當天早上就到醫院抽血和驗尿。
然後一口氣喝光像汽水般很甜的東西……
咕嚕咕嚕
75g葡萄糖
30分鐘後……
對不起，請忍耐一下～
1個小時後……
對不起，請忍耐一下～
2個小時後又再抽一次血，總共做了4次抽血和驗尿。
呼～
TOILET

複檢的結果……
嗯，有點高可是還在標準值以內，所以沒問題!!
啊～太好了!!
呼
妳的情形是輸送葡萄糖的胰島素好像分泌得有點慢，只要小心吃東西的時候不要吃太快，並不需要特別控制飲食。
那蛋糕和冰淇淋也可以吃嗎？
量不多的話沒問題，譬如哪一種？
嗯……譬如GI〇NT CONE……♡
……哦～
GI〇NT CONE不要吃比較好。
打擊!!
哇～不能吃GI〇NT CONE～
沒辦法啊～
於是每天的小小樂趣暫時被禁止。

不過這都是為了生一個健康的寶寶!!
忍耐忍耐!!
嗚!!
痛!!
不料某一天右邊的腰突然一陣痛楚襲來!!
肚子越來越大，當然會壓迫到身體很多地方。
嗚嗚……連背和側腹都痛起來了~
全部集中在右邊~
抽痛
抽痛
拚命使盡各種方法，疼痛終於得到舒緩。
買了骨盆帶!!
束緊~
左側睡!!
抱枕
孕婦瑜伽!!
不過孕婦真的很辛苦。
呼~嘿咻!!
撲通
從懷孕到生產真是一條漫長的旅程……
呼~
10個月

經常擔心肚子會去撞到……
叮鈴叮鈴
哇!!
咻
而且也充滿不安……
生產的時候到底有多痛……
會切開會陰嗎……
不安
忐忑
身體也出現很多異常。
TOILET
啊~
頻尿&漏尿
哇!! 踢了!!
咚~!!
不過我還是覺得肚子裡有小貝比的感覺很奇妙。
但孕婦生活是我一直很想體驗的……
砰
砰
啊……動得好凶喔……
也就盡量保持愉快的心情……
取什麼名字好呢~
命名學
不知不覺間新的一年來臨了，預產期也越來越接近。
呼~
肚子好重……
第10個月
很大~

其實應該去
散散步運動運動，
可是外面好冷……
呼~……
寒冬
出去大概會感冒。
好吧，今天就來做小寶寶的布偶!!
縫
縫
縫
縫
迎接小寶寶的各項準備也進行得差不多。
嬰兒櫃組合好了~
呼~
啊，辛苦了~
恩~……
喝個茶休息一下吧。
嗯。
小孩出生以後，每天會是什麼樣的生活？
謝謝~
很燙喔~
還能有這種兩個人的悠閒時間嗎？
手藝店

兩人隨興散散步……
前幾天~
去旅行、看電視看到半夜，
海耶~~!!
躺~~
哇哈哈
乖乖
這些大概也都暫時辦不到了。
好吃~♥
ㄎㄠ
ㄎㄠ
沙拉仙貝
雖然希望一直維持兩人的良好關係，但是疲於照顧小孩的情況下，大概難免吵架或鬧彆扭吧？
把拔你快點嘛!!
哇哇哇……
我在弄了啦!!
兩個人的生活過得自在愉快，眼看就要結束了，不免有點感傷……
或許是這麼想的緣故……
什麼?!

嗯～子宮頸也還沒開，一點要生的動靜都沒有。
胎位也還沒下來……
唉呀～
預產期已經到了，卻一點也沒要出來的跡象。
妳努力多散散步、泡澡泡久一點看看。
好……好的!!
對……對不起!!當然我也是很期待3個人的生活!!
妳什麼時候出來都可以喔!!
撫摸
撫摸
撫摸
撫摸
從明天起我白天要出去努力散步!!
什麼?!
我不在的時候，妳一個人去到很遠的地方突然要生了，那怎麼辦？
天氣又冷，太危險了～
愛操心
放心啦，我不會去很遠的地方!!
於是突然開始緊張的我在家附近繞來繞去散步。
哼
哼
呼

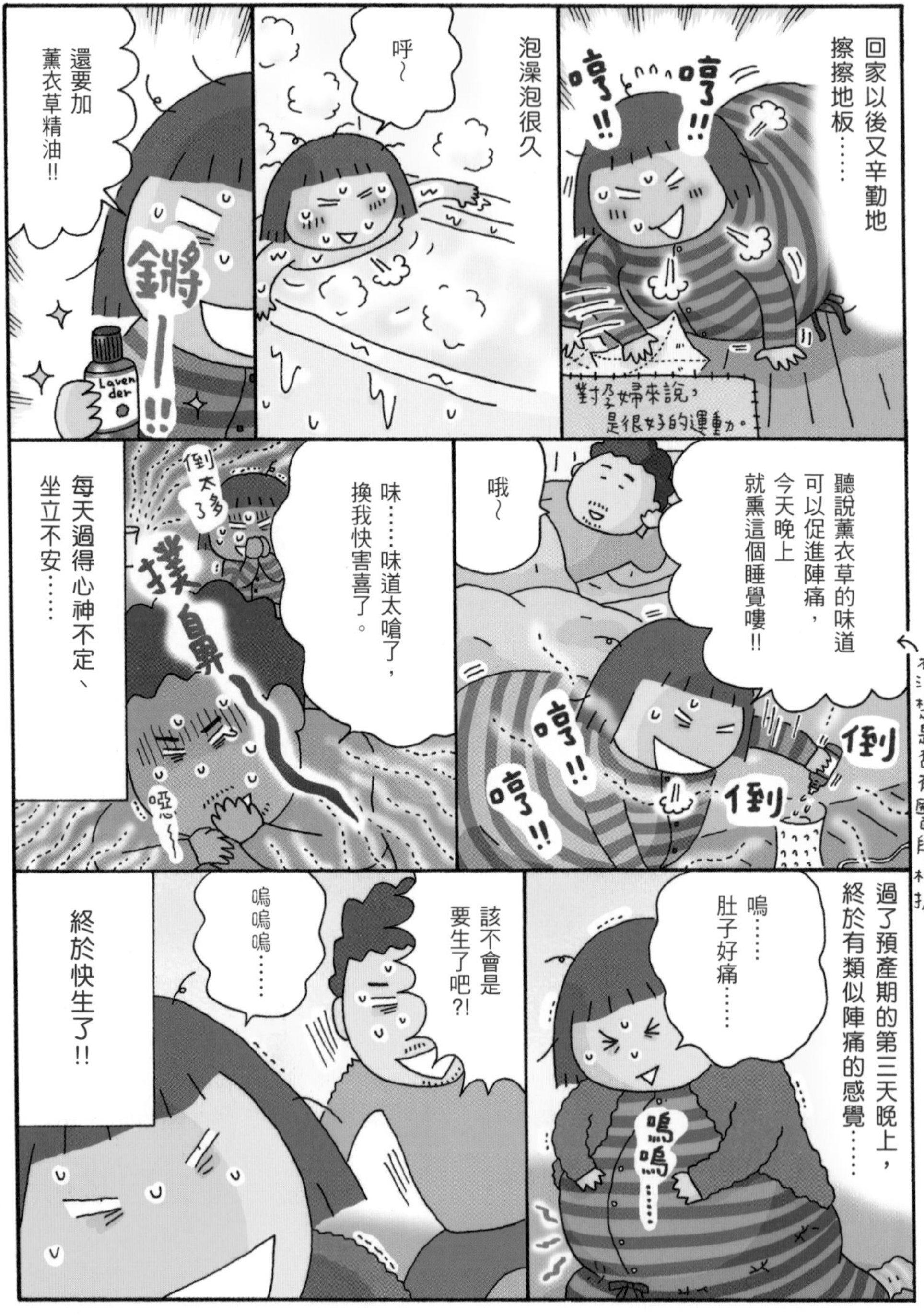

回家以後又辛勤地擦擦地板……
哼!! 哼!!
對孕婦來說，是很好的運動。
泡澡泡很久
呼~
還要加薰衣草精油!!
鏘—!!
Lavender
聽說薰衣草的味道可以促進陣痛，今天晚上就熏這個睡覺嘍!!
哦~
哼!! 哼!!
倒 倒
不清楚是否有醫學根據
味……味道太嗆了，換我快害喜了。
倒太多了
摸鼻
每天過得心神不定、坐立不安……
過了預產期的第三天晚上，終於有類似陣痛的感覺……
嗚……肚子好痛……
嗚嗚……
該不會是要生了吧?!
嗚嗚嗚……
終於快生了!!

懷孕第 10 個月的渴望

進入第10個月連翻身都很辛苦。
唉~~只能側睡……
好希望有時可以趴著睡~~
如果有這種中間有一個洞的床……
那我就可以把肚子放進去趴著睡。
呼~

小撇步

隨著肚子越來越大，衣服也越來越緊。
哎呀~前面扣不起來！
緊繃……
……加上天氣越來越冷
啊~連羽毛衣都穿不下~~!!
緊繃
緊繃
雖然也買了幾件孕婦裝……
可是買太多也浪費……
因此在家裡就用洗衣夾夾起來。
嘿咻。

從出生之前

一對傻父母？

孕婦的野心

我這麼不安！

《美食刑警立花》中介紹許多美食與相關知識，是一套很有趣的美食漫畫。(小亞非常喜歡)

結果沒有

自己做的嬰兒用品
我的作品
沙沙
沙沙
沙沙
嗶
嗶
奇怪的布娃娃
搖會有聲音。
按肚子會響。
圍兜兒（5條左右）
南瓜床（放嬰兒用的）
我的傑作，可是軟趴趴的。
斗篷
換尿布用的墊子
衣服太難了～!!
放棄
嬰兒服
有耳朵的帽子
雞的形狀
餵奶用的靠墊
小亞做的玩具
手搖鈴
會旋轉
旋轉木馬
咻嚕～
鳥笛

第11章

變成一家三口

過了預產期的第三天晚上，雖然開始有類似陣痛的感覺，但那天晚上決定先觀察看看。
還不是很痛，時間間隔也不規則，再觀察看看吧～
這樣行嗎？
呼～好一點了
第二天早上——
哎喲，好痛喔～
肚子痛得越來越厲害，因此打電話給醫院。
是……昨天晚上開始斷斷續續出現類似嚴重生理痛的腹痛……
驚慌
失措
嗯～間隔還不是很規則，有時候7分鐘一次，有時候15分鐘一次……
嗚嗚……
妳的聲音聽起來情況還不是很緊急。
噫?!
第一胎通常進度比較慢，等痛得幾乎無法忍耐，而且大約10分鐘出現一次時再打電話過來。
打擊！
所以那天又是留在家裡觀察。
我去上班，有什麼事馬上打電話給我喔!!
嗚～又開始痛了～
哎喲……

肚子有時痛有時又不痛，不痛的時候我就努力活動身體。
陣痛你要來就趕快來吧～
哼!! 哼!!
到了晚上陣痛還是沒進入每10分鐘一次的階段。
哇～連腰都開始痛了～
我幫妳搓搓腰吧?!
痛～ 痛～
急診
第二天早上5點終於決定上醫院。
加油！快到了!!
嗚嗚……
住院要用的東西也帶來了
痛～ 痛～
沒想到……
嗯～子宮頸都還沒開～
噫……可是已經很痛了……
看樣子大概還要等2～3天。
現在辦住院也是可以。
可是與其待在醫院不如回家，做做家事活動身體，反而可以促進陣痛。
打擊ー

結果又回到家裡。
哇~還要持續2~3天喔?!
痛~
痛~
有什麼事馬上打電話給我喔!!
※這個姿勢可以稍微減緩痛楚。
我的子宮頸為什麼還不開呢?!
隔天10點預約定期產檢……
因此這天努力泡澡泡久一點，希望上醫院前能有點轉機……
嗚~子宮頸趕快打開吧~
呼……
呼……
隔天又跟跟蹌蹌地上醫院去
好痛喔……
加油!!
這天請假沒上班。
掛號處
痛~
痛~
陣痛的間隔還是不規則，可是這2~3天一直沒睡好，體力已經到了極限。
好……好想今天就生出來……
氣喘
吁吁
然而做了內診……
嗯~子宮頸還沒變軟。
打鼓手ー
天啊!!

噫?!
可是已經破水了。
什麼?!
我雖然知道
真陣痛開始之前
有時會先破水……
哇~!!
砰
嘩啦~!!
可是一直以為
羊水應該是
嘩啦啦地流下來……
我的情形是一點點一點點地流出來，
加上有時泡澡泡很久，所以才沒發現。
羊水
已經幾乎
都沒有了……
哎呀呀……
這得
馬上住院。
於是終於
要住院了!!
雖然事態變化得太快，
讓我們有點措手不及。
請立刻到
待產室來！
這張紙
請您
填一下!!
慌亂
慌亂
好……
好的!!
請換上
分娩衣。
這邊
請!!
棉花
紗布
咚
待產包
卻也很高興終於要進入生產過程。
今天可以見到
肚子裡的小寶寶嗎？

然而重頭戲還在後頭。
現在要開始打點滴。
因為子宮頸還沒開，所以要打催生劑。
打了這個肚子是不是會更痛？
忐忑
忐忑
不安
我……我會加油的。
加油!!
啊！開始痛了!!
哎喲~
痛~
腰……腰好痛喔!!
嗚~~~!!
痛~
痛~
請慢慢呼氣!!
呼~好一點了……
要不要喝口水？
就像觸電一樣，整個腰突然刺痛起來~
啊！又開始痛了!!
痛~
痛~
肚子痛得越來越厲害。
把拔，請幫馬麻按摩腰!!
比剛才更痛!!

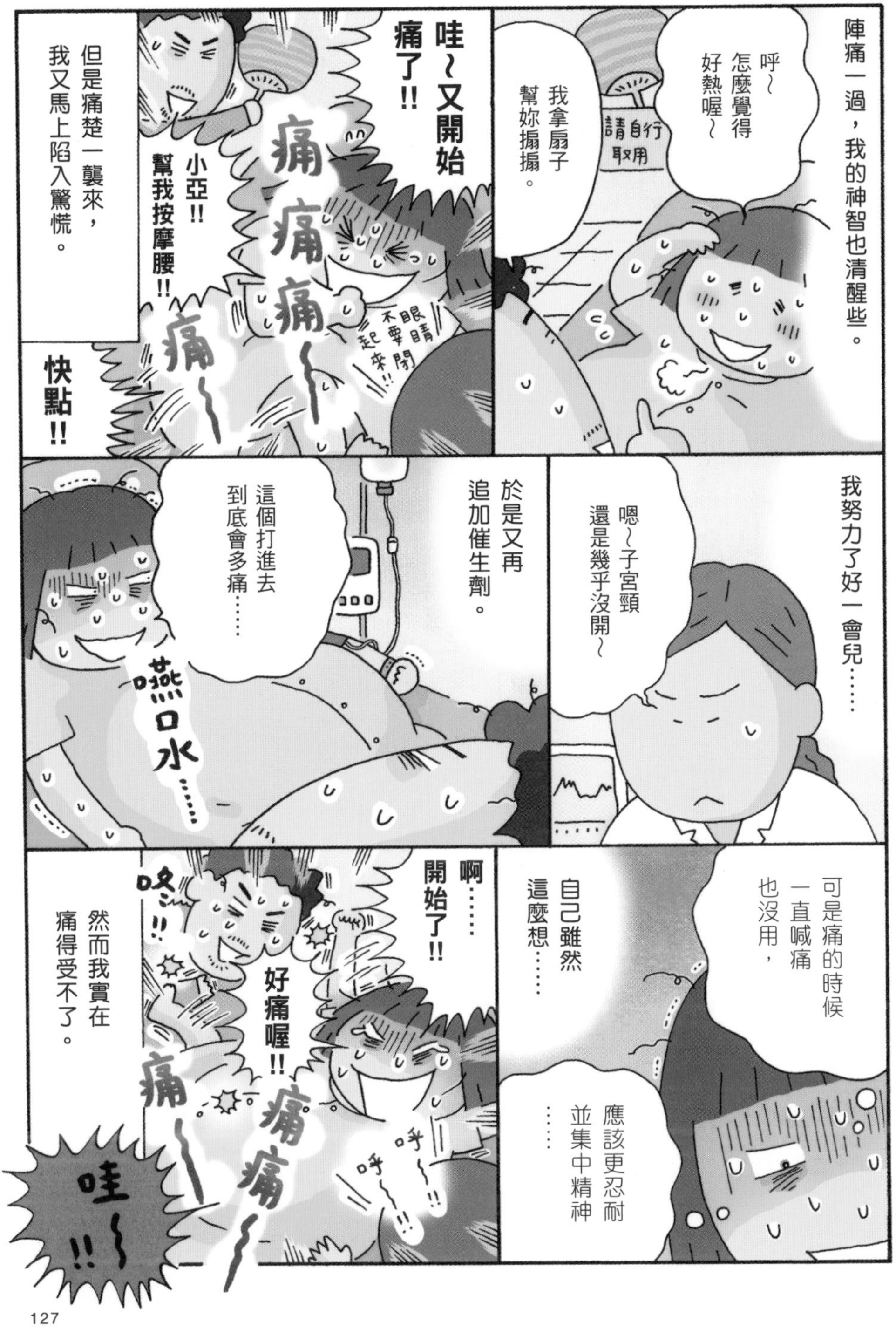
陣痛一過，我的神智也清醒些。
呼～怎麼覺得好熱喔～
請自行取用
我拿扇子幫妳搧搧。
哇～又開始痛了!!
痛痛痛～
痛～
眼睛不要閉起來!!
小亞!!幫我按摩腰!!
但是痛楚一襲來，我又馬上陷入驚慌。
快點!!
我努力了好一會兒……
嗯～子宮頸還是幾乎沒開～
於是又再追加催生劑。
這個打進去到底會多痛……
嚥口水……
可是痛的時候一直喊痛也沒用，
自己雖然這麼想……
應該更忍耐並集中精神……
啊……開始了!!
咚!!
好痛喔!!
然而我實在痛得受不了。
痛～
痛痛～
呼～!!
呼～!!
哇～!!

我想應該有很多人看過紀錄片中的生產畫面……
啊~
啊~
啊~
好恐怖的叫聲。
沒想到自己現在正是發出那種叫聲……
啊~
哇~
啊~
努力了5、6個小時……
嗯……子宮頸現在開了約2公分
才……才2公分……
嗚嗚……子宮頸為什麼不開呢？
子宮頸沒全開到10公分左右無法分娩。
啪
啪
啪
嗯~~~妳可以再努力看看……
可是小寶寶的心跳看起來有點吃力。
什麼?!
或者就乾脆選擇剖腹生產。

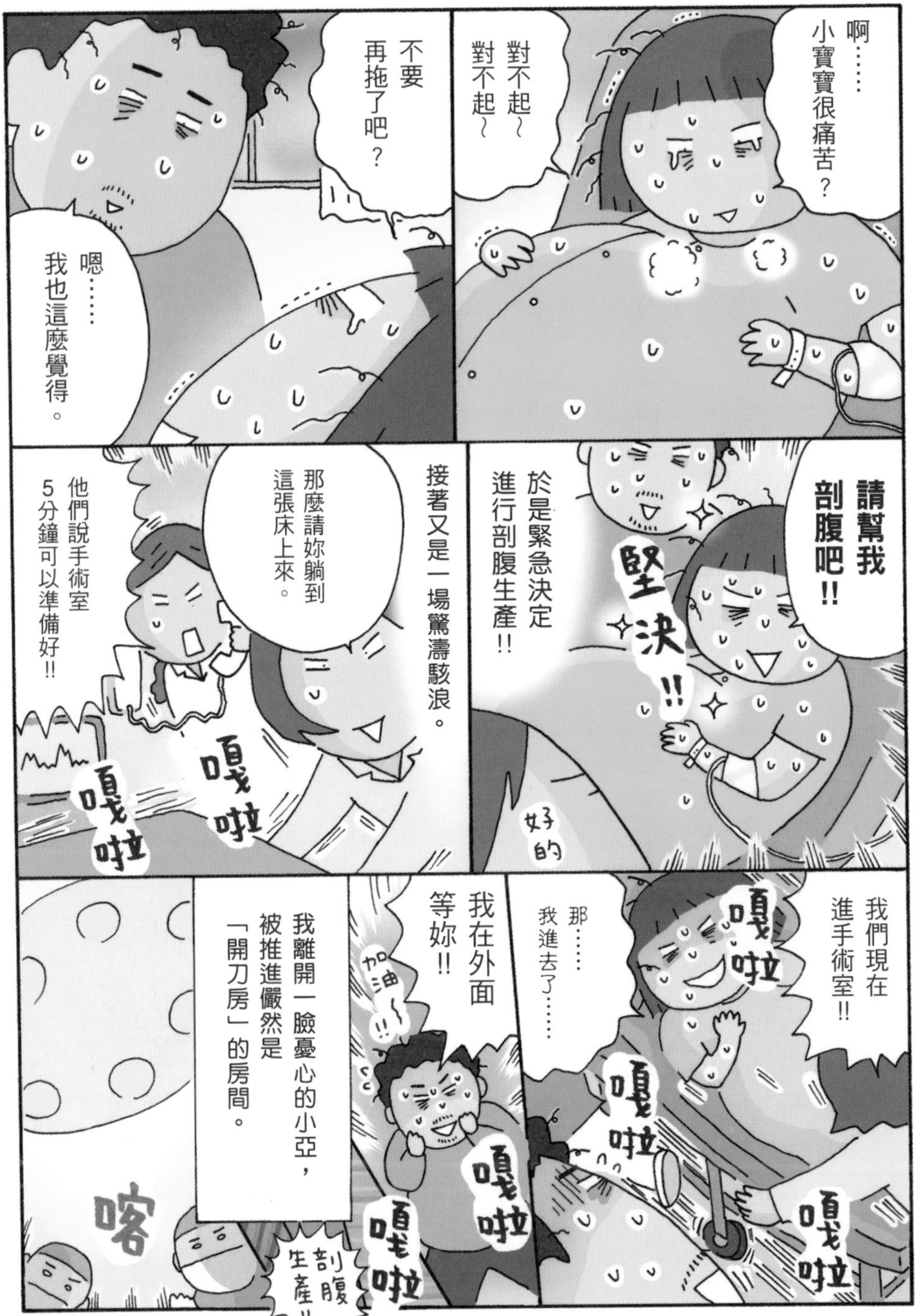
啊……小寶寶很痛苦？
對不起～對不起～
不要再拖了吧？
嗯……我也這麼覺得。
請幫我剖腹吧!!
於是緊急決定進行剖腹生產!!
堅決!!
好的
接著又是一場驚濤駭浪。
那麼請妳躺到這張床上來。
他們說手術室5分鐘可以準備好!!
嘎啦
嘎啦
我們現在進手術室!!
那……我進去了……
嘎啦
嘎啦
嘎啦
我在外面等妳!!
加油～!!
嘎啦
嘎啦
我離開一臉憂心的小亞，被推進儼然是「開刀房」的房間。
喀
剖腹生產!!

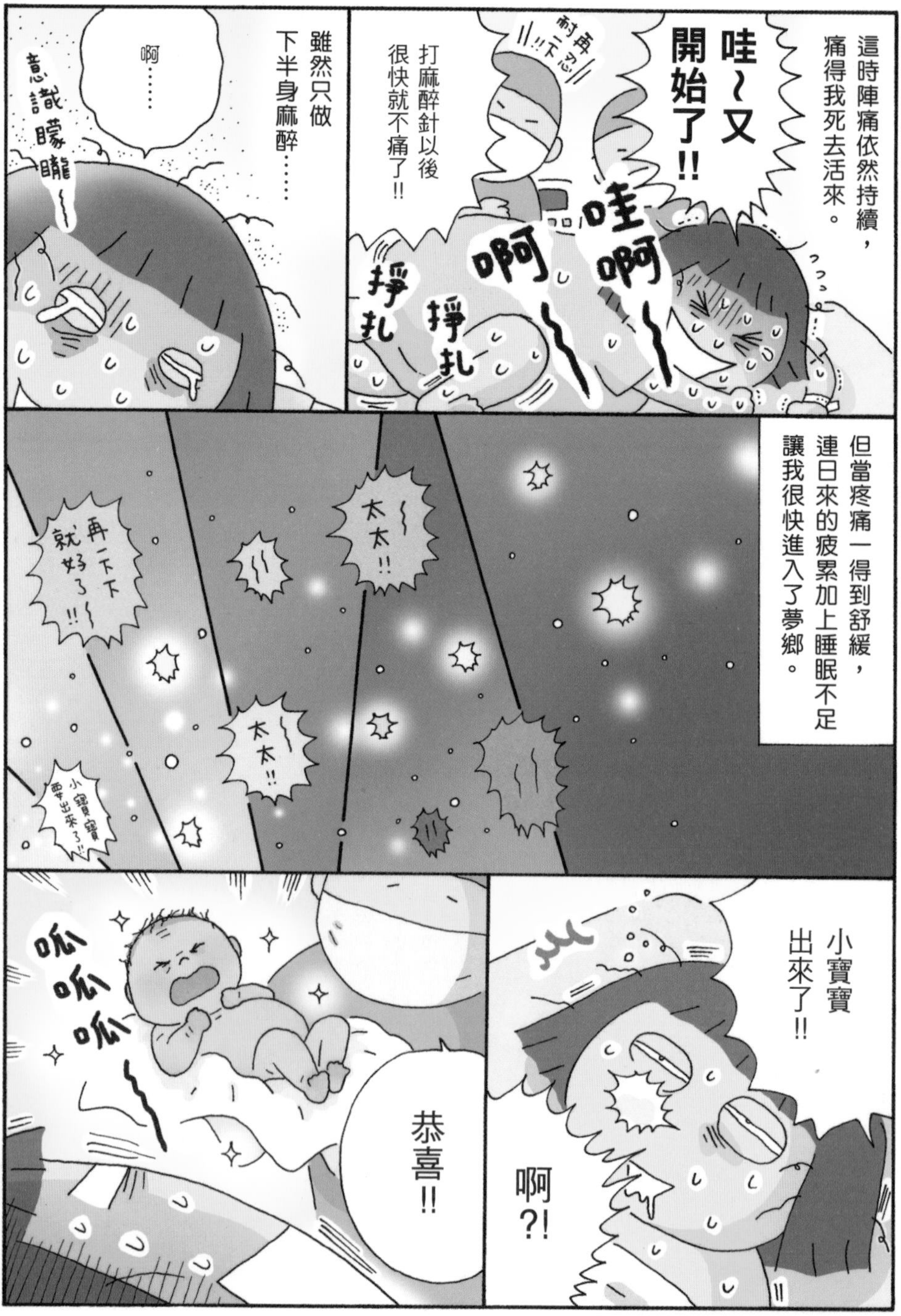
這時陣痛依然持續，痛得我死去活來。
哇~又開始了!!
再忍耐一下!!
哇啊
啊~~
掙扎
掙扎
打麻醉針以後很快就不痛了!!
雖然只做下半身麻醉……
啊……
意識朦朧~
但當疼痛一得到舒緩，連日來的疲累加上睡眠不足讓我很快進入了夢鄉。
太太~!!
再一下下就好了!!~
太太!!
小寶寶要出來了!!
小寶寶出來了!!
啊?!
呱呱呱~
恭喜!!

哼
哼
妳看是一個很健康的女寶寶喔~
哇!!
啊……嗯……
妳好~我們終於見面了~
動~
動~
我把小寶寶抱到那邊去做檢查。
啊……
然後我好像又睡著了……
呼~~
……噫?
醒來的時候，我人已經在病房裡。
啊……小亞。
辛苦了~

你看到寶寶了嗎？
嗯，我剛才去了嬰兒室也照了相。
我也想看照片～
妳看，寶寶乖乖地在睡覺。
嗶
嗶
她本來是在我肚子裡的。
像你還是像我？
感覺好奇妙!!
嗯……眼睛看起來像妳？
嘴巴像小亞你？
這天……
我終於當了媽媽。

太好了~!!
哇—
母女平安?!
小亞打來的電話
阿嬤
阿公

辛苦了！

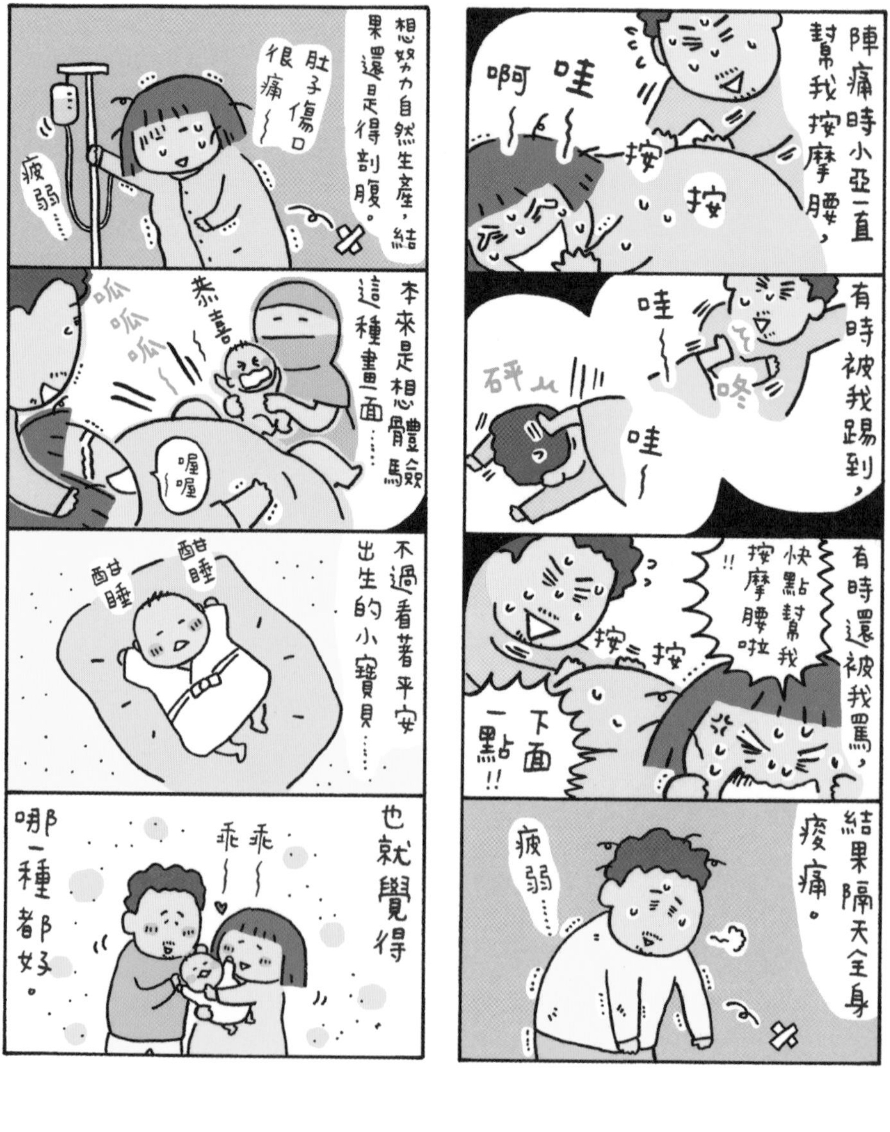
陣痛時小亞一直幫我按摩腰，
哇
啊~
按
按
有時被我踢到，
哇~
咚
砰
哇~
有時還被我罵，
快點幫我按摩腰啦!!
按 按
下面一點!!
結果隔天全身痠痛。
疲弱……
想努力自然生產，結果還是得剖腹。
肚子傷口很痛~~
疲弱……
本來是想體驗這種畫面……
恭喜~
呱呱呱~
喔喔~
不過看著平安出生的小寶貝……
酣睡
酣睡
也就覺得哪一種都好。
乖~
乖~

後記

接著而來的育兒生活

冬天過去了，春暖花開的時節來臨之際——
哇～～
哇哇～
怎麼了？心情不好的樣子～
還沒到喝奶的時間啊?!
啊嗚～
亂扭
亂動
該不會是想睡覺吧？
換我抱吧～
女兒2個月大了，我也滿43歲了。
啊！便便了!!
噗噗噗噗噗!!
哇～從背後漏出來了!!
哇哇～!!
嘩～
哇～
不要亂動!!不要亂動!!
每天都手忙腳亂。
嘩啦
嘩啦
BABY
洗衣精
小亞在家的時候會主動幫我照顧小貝比。
我做下蹲運動她就很開心呢!!
哼哼
哼哼
咯咯
咯咯
咻咻
咻咻
可是經常腰痛。
踉蹌……
……
呼～
酣睡
酣睡
尿布
S size

嗯！趁現在來做午飯吧!!
我們吃拉麵好嗎？
好啊!!
酣睡
酣睡
咕~
最近做飯都是要快狠準。
嗞
唰
咕嘟
咕嘟
唰
哇~裡面有好多蔬菜!!
開動了~
嗯哼……
噫?!
醒來了!!
哇哇哇哇
大概是聞到拉麵的味道肚子餓了？
乖乖
哇哇
哇哇
我去泡120cc的牛奶吧。
MILK
經常很難坐下來好好吃頓飯。
等一下下喔
哇哇哇
哇哇哇
唰
唰
MILK

有時會很懷念
一個人住的時候
有很多自己的時間。
呼~
呼~
一個人閒散地喝酒~♡
下次去哪裡好呢~♡
出遊 一個人
溫泉
上網♡
呆~
100大拉麵店排行榜
喀嚓 喀嚓
喀嚓
哼哼♡
結婚、生小孩，這1~2年
我的生活變化非常大……
麵都糊了~
來喝ㄋㄟㄋㄟ吧~
啊嗚~
咻……
有時難免
對今後的育兒生活
感到不安……
防範蛀牙
找托兒所
訓練大小便
父母的職責
副食品
七五三祝賀式
教育
生病受傷
管教
理想的母親
休閒
霸凌
PTA
上公園玩
媽媽朋友
才藝班
叛逆期
嚥……
好棒~全喝完了~♡
不過……
來打嗝吧~
這種畫面
已經習以為常……
噗呼~
濕紙巾

接下來的各種變化、新的事情只要慢慢去習慣……
嗝~
哇~好棒喔
啪
啪
啪
啪
咚
咚
咚
咚
咚
咚
咚
那也會融入自己的日常生活吧?!
而且女兒真的好可愛~
嗯~~~打了一個好大的嗝喔~♡
好棒喔~
涼了……
咻……
磨蹭
磨蹭
磨蹭
啵
啵
……噫?怎麼做出這種表情……
哦?!
哆嗦……
以後每天會是什麼樣的生活呢?
哇~又便便了!!
噗噗噗噗……
哇~又漏出來了!!
哇~!!
其實也很令人期待。

完♥

結語

首先要感謝各位讀者對本書的支持，
本書描繪39到43歲這段期間的我，
自己也覺得這段時間生活真的變化很大。

寫這段後記時，距離當時又有一段時間，
前幾天我女兒已經滿週歲。
隨著女兒的成長，生活也隨之變化，
最近女兒開始會四處活動，
經常得盯著她，
每天在一片慌亂中轉眼即逝。
不過，一邊帶小孩一邊工作果然很辛苦……
這本書花了比以往更長的時間才完成，

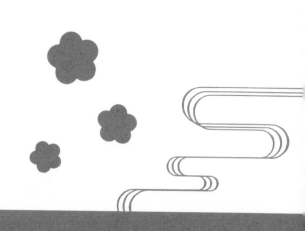

如何兼顧育兒和工作，顯然是我今後的課題。
此外，我和小亞吵架的次數也變多了些，
（大多是我單方面的發脾氣）
希望今後能更成熟地處理這方面的問題。

不知不覺間，這春天上東京就滿20年了，
一個人到東京漂泊，幾乎沒朋友也沒錢，
有時難免對自己的人生感到徬徨無助，
但經歷了種種之後終於有現在的生活，
看著身邊的女兒，最近經常覺得人生真的是好奇妙。

2018年2月　高木直子

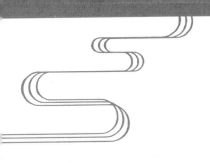

媽媽的每一天：
高木直子手忙腳亂日記
洪俞君、陳怡君◎翻譯

媽媽的每一天：
高木直子陪你一起慢慢長大
洪俞君◎翻譯

媽媽的每一天：
高木直子東奔西跑的日子
洪俞君◎翻譯

最新作品

便當實驗室開張
每天做給老公、女兒，
偶爾也自己吃
洪俞君◎翻譯

再來一碗：
高木直子全家吃飽飽萬歲
洪俞君◎翻譯

一個人暖呼呼：
高木直子的鐵道溫泉祕境
洪俞君◎翻譯

台灣出版16週年
全新封面版

150cm Life
洪俞君◎翻譯

150cm Life ②
常純敏◎翻譯

150cm Life ③
陳怡君◎翻譯

一個人出國到處跑：
高木直子的海外
歡樂馬拉松
洪俞君◎翻譯

一個人邊跑邊吃：
高木直子呷飽飽
馬拉松之旅
洪俞君◎翻譯

一個人去跑步：
馬拉松 1 年級生
洪俞君◎翻譯

一個人去跑步：
馬拉松 2 年級生
洪俞君◎翻譯

一個人吃太飽：
高木直子的美味地圖
陳怡君◎翻譯

一個人和麻吉吃到飽：
高木直子的美味關係
陳怡君◎翻譯

一個人住第幾年
洪俞君◎翻譯

一個人到處瘋慶典：
高木直子日本祭典萬萬歲
陳怡君◎翻譯

一個人去旅行
1 年級生
陳怡君◎翻譯

一個人去旅行
2 年級生
陳怡君◎翻譯

一個人搞東搞西：
高木直子閒不下來手作書
洪俞君◎翻譯

一個人好孝順：
高木直子帶著爸媽去旅行
洪俞君◎翻譯

一個人做飯好好吃
洪俞君◎翻譯

一個人好想吃：
高木直子念念不忘，
吃飽萬歲！
洪俞君◎翻譯

一個人的第一次
常純敏◎翻譯

一個人住第 5 年
（台灣限定版封面）
洪俞君◎翻譯

一個人住第 9 年
洪俞君◎翻譯

一個人住第幾年？
洪俞君◎翻譯

一個人上東京
常純敏◎翻譯

一個人漂泊的日子①
（封面新裝版）
陳怡君◎翻譯

一個人漂泊的日子②
（封面新裝版）
陳孟姝◎翻譯

我的 30 分媽媽
陳怡君◎翻譯

我的 30 分媽媽②
陳怡君◎翻譯

TITAN 127

已經不是一個人

高木直子40脫單故事

填回函雙重禮
①立即送購書優惠券
②抽獎小禮物

圖文｜高木直子
譯者｜陳怡君
手寫字｜陳欣慧
出版者｜大田出版有限公司
台北市一〇四四五中山北路二段二十六巷二號二樓
E-mail｜titan@morningstar.com.tw http://www.titan3.com.tw
編輯部專線｜（02）2562-1383 傳真：（02）2581-8761
總編輯｜莊培園
副總編輯｜蔡鳳儀
行銷編輯｜張筠和
行政編輯｜鄭鈺澐
校對｜黃薇霓／金文蕙
初版｜二〇一八年九月一日 定價：新台幣二九〇元
二十六刷｜二〇二四年四月十八日
購書E-mail｜service@morningstar.com.tw
網路書店｜http://www.morningstar.com.tw（晨星網路書店）
TEL：04-23595819 # 212 FAX：04-23595493
郵政劃撥｜15060393（知己圖書股份有限公司）
印刷｜上好印刷股份有限公司
國際書碼｜978-986-179-537-9 CIP：861.67/107010659

法律顧問：陳思成

OTAGAI
40dai-kon

OTAGAI
40dai-kon
OTAGAI
40dai-kon
OTAGAI
40dai-kon
OTAGAI
40dai-kon
OTAGAI
40dai-kon
OTAGAI
40dai-kon
OTAGAI
40dai-kon
OTAGAI
40dai-kon
OTAGAI
40dai-kon
OTAGAI
40dai-kon
OTAGAI
40dai-kon
OTAGAI
40dai-kon
OTAGAI
40dai-kon
OTAGAI
40dai-kon
OTAGAI
40dai-kon
OTAGAI
40dai-kon
OTAGAI
40dai-kon
OTAGAI
40dai-kon
OTAGAI
40dai-kon

OTAGAI
40dai-kon

OTAGAI
40dai-kon

OTAGAI
40dai-kon

OTAGAI
40dai-kon

OTAGAI
40dai-kon

OTAGAI
40dai-kon

OTAGAI
40dai-kon

OTAGAI
40dai-kon

OTAGAI
40dai-kon

OTAGAI
40dai-kon

OTAGAI
40dai-kon

OTAGAI
40dai-kon

OTAGAI
40dai-kon

OTAGAI
40dai-kon

OTAGAI
40dai-kon

OTAGAI
40dai-kon

OTAGAI
40dai-kon

OTAGAI
40dai-kon

OTAGAI
40dai-kon

OTAGAI
40dai-kon